活着本来单纯

丰子恺散文漫画精品集

丰子恺 著

北京联合出版公司

图书在版编目（CIP）数据

活着本来单纯 / 丰子恺著. — 北京：北京联合出版公司, 2020.5（2022.7重印）
ISBN 978-7-5596-4012-3

Ⅰ.①活… Ⅱ.①丰… Ⅲ.①散文集 – 中国 – 现代 Ⅳ.①I266

中国版本图书馆CIP数据核字(2020)第034028号

活着本来单纯

作　　者：丰子恺
责任编辑：昝亚会　夏应鹏
封面设计：COMPUS·汐和

北京联合出版公司出版
(北京市西城区德外大街83号楼9层　100088)
北京时代华语国际传媒股份有限公司发行
唐山富达印务有限公司印刷　新华书店经销
字数180千字　880毫米×1230毫米　1/32　8印张
2020年5月第1版　2022年7月第8次印刷
ISBN 978-7-5596-4012-3
定价：32.00元

版权所有，侵权必究
未经许可，不得以任何方式复制或抄袭本书部分或全部内容
本书若有质量问题，请与本公司图书销售中心联系调换。电话：010-63783806

目录 CONTENTS

壹 * 豁然开朗

心小了，所有的小事就大了；心大了，所有的大事都小了；看淡世事沧桑，内心安然无恙。

渐 / 002

大账簿 / 006

实行的悲哀 / 011

生机 / 015

佛无灵 / 019

吃瓜子 / 024

晨梦 / 030

肉腿 / 033

贰 * 无宠不惊过一生

人生也有冬夏,童年如夏,成年如冬;或少壮如夏,老如冬。在人生的冬夏,自然也常教人的感觉变叛,其命令有这般严重,又这般滑稽。

忆儿时 / 038

梦痕 / 045

我的母亲 / 050

白鹅 / 054

闲居 / 059

过年 / 062

新年怀旧 / 070

吃酒 / 076

湖畔夜饮 / 080

初冬浴日漫感 / 085

叁 * 天地间最健全的心眼

天地间最健全的心眼，只是孩子们的所有物，间事物的真相，只有孩子们能最明确、最完全地见到。我比起他们来，真的心眼已经被世智尘劳所蒙蔽，所斫丧，是一个可怜的残废者了。

从孩子得到的启示 / 090

给我的孩子们 / 093

送考 / 097

华瞻的日记 / 102

送阿宝出黄金时代 / 107

取名 / 112

穷小孩的跷跷板 / 115

肆 * 你若爱,生活哪里都是爱

这个世界不是有钱人的世界,也不是无钱人的世界,它是有心人的世界。

家 / 120

杨柳 / 126

随感十三则 / 130

庐山面目 / 139

钱江看潮记 / 144

春 / 148

秋 / 152

清晨 / 156

扬州梦 / 161

阿咪 / 167

东京某晚的事 / 171

塘栖 / 174

伍 * 学会艺术的生活

人生有三层楼：第一层是物质生活，第二层是精神生活，第三层是灵魂生活。

学会艺术的生活 / 178

爱与同情 / 181

手指 / 185

自然 / 191

美术与人生 / 196

山中避雨 / 198

梧桐树 / 201

带点笑容 / 204

谈自己的画 / 208

艺术三昧 / 218

云霓 / 221

春日游
杏花吹满头

郎骑竹马来

蝴蝶来仪

星期六之夜

逃避与追求

人散后
一钩新月天如水

儿童不知春
问草何故绿

今夜故人来不来
教人立尽梧桐影

不宠无惊过一生

壹 · 豁然开朗

心小了,所有的小事就大了;心大了,所有的大事都小了;看淡世事沧桑,内心安然无恙。

渐

*
*

　　使人生圆滑进行的微妙的要素，莫如"渐"；造物主骗人的手段，也莫如"渐"。在不知不觉之中，天真烂漫的孩子"渐渐"变成野心勃勃的青年；慷慨豪侠的青年"渐渐"变成冷酷的成人；血气旺盛的成人"渐渐"变成顽固的老头子。因为其变更是渐进的，一年一年地、一月一月地、一日一日地、一时一时地、一分一分地、一秒一秒地渐进，犹如从斜度极缓的长远的山坡上走下来，使人不察其递降的痕迹，不见其各阶段的境界，而似乎觉得常在同样的地位，恒久不变，又无时不有生的意趣与价值，于是人生就被确实肯定而圆滑进行了。假使人生的进行不像山坡而像风琴的板，由 do 忽然移到 re，即如昨夜的孩子今朝忽然变成青年；或者像旋律"接离进行"地由 do 忽然跳到 mi，即如朝为青年而夕暮忽成老人，人一定要惊讶、感慨、悲伤，或痛感人生的无常，而不乐为人了。故可知人生是由"渐"维持的。这在女人恐怕尤为必要：歌剧中，舞台上的如花的少女，就是将来火炉旁边的老婆子。这句话，骤听使人不能相信，少女也不肯承认，实则现在的老婆子都是由如花的少女"渐渐"变成的。

人之所以能堪受境遇的变衰，也全靠这"渐"的助力。巨富的纨绔子弟因屡次破产而"渐渐"荡尽其家产，变为贫者；贫者只得做佣工，佣工往往变为奴隶，奴隶容易变为无赖，无赖与乞丐相去甚近，乞丐不妨做偷儿……这样的例子，在小说中，在实际上，均多得很。因为其变衰是延长为十年二十年而一步一步地"渐渐"地达到的，在本人不感到有什么强烈的刺激。故虽到了饥寒病苦刑笞交迫的地步，仍是熙熙然贪恋着目前生的欢喜。假如一位千金之子忽然变成了乞丐或偷儿，这人一定愤不欲生了。

这真是大自然的神秘的原则，造物主的微妙的功夫！阴阳潜移，春秋代序，以及物类的衰荣生杀，无不暗合于这法则。由萌芽的春"渐渐"变成绿荫的夏，由凋零的秋"渐渐"变成枯寂的冬。我们虽已经历数十寒暑，但在围炉拥衾的冬夜仍是难以想象饮冰挥扇的夏日的心情；反之亦然。然而由冬一天一天地、一时一时地、一分一分地、一秒一秒地移向夏，由夏一天一天地、一时一时地、一分一分地、一秒一秒地移向冬，其间实在没有显著的痕迹可寻。昼夜也是如此：傍晚坐在窗下看书，书页上"渐渐"地黑起来，倘不断地看下去（目力能因了光的渐弱而渐渐加强），几乎永远可以认识书页上的字迹，即不觉昼之已变为夜。黎明凭窗，不瞬目地注视东天，也不辨自夜向昼的推移的痕迹。儿女渐渐大起来，在朝夕相见的父母全不觉得，难得见面的远亲就相见不相识了。往年除夕，我们曾在红蜡烛底下守候水仙花开放，真是痴态！倘水仙花果真当面开放给我们看，便是自然的原则的破坏，宇宙的根本的摇动，世界人类的末日临到了。

"渐"的作用,就是用每步相差极微极缓的方法来隐蔽时间的过去与事物的变迁的痕迹,使人误认其为恒久不变。这真是造物主骗人的一大诡计!这有一件比喻的故事:某农夫每天朝晨抱了犊而跳过一沟,到田里去工作,夕暮又抱了跳过沟回家。每日如此,未尝间断。过了一年,犊已渐大,渐重,差不多变成大牛,但农夫全不觉得,仍是抱了它跳沟。有一天他因事停止工作,次日再就不能抱了这牛而跳沟了。造物的骗人,使人流连于其每日每时的生的欢喜而不觉其变迁与辛苦,就是用这个方法的。人们每日在抱了日重一日的牛而跳沟,不准停止,自己误以为是不变的,其实每日在增加其苦劳!

我觉得时辰钟是人生的最好的象征了。时辰钟的针,平常一看总觉得是"不动"的,其实人造物中最常动的无过于时辰钟的针了。日常生活中的人生也如此。刻刻觉得我是我,似乎这"我"永远不变,实则与时辰钟的针一样的无常!一息尚存,总觉得我仍是我,我没有变,还是流连着我的生,可怜受尽"渐"的欺骗!

"渐"的本质是"时间"。时间,我觉得比空间更为不可思议,犹之时间艺术的音乐比空间艺术的绘画更为神秘。因为空间姑且不追究它如何广大或无限,我们总可以把握其一端,认定其一点。时间则全然无从把握,不可挽留,只有过去与未来在渺茫之中不绝地相追逐而已。性质上既已渺茫不可思议,分量上在人生也似乎太多。因为一般人对于时间的悟性,似乎只够支配搭船乘车的短时间;对于百年的长期间的寿命,他们不能胜任,往往迷于局部而不能顾及全体。试看乘火车的旅客中,常有明达的人,有的宁牺牲暂时的安乐而让其座位于老弱者,以求心的太平(或博暂时的美誉);有的见众人争先下车,而退在后面,或高呼："勿要轧，总有得下去的！""大家都要下去的！"然而在乘"社会"或"世界"的大火车的"人生"的长期的旅客中，就少有这样的明达之人。所以我觉得百年的寿命，定得太长。像现在的世界上的人，倘定他们只有搭船乘车时长的寿命，也许在人类社会上可减少许多凶险残惨的争斗，而与火车中一样的谦让，和平，也未可知。

然人类中也有几个能胜任百年的或千古的寿命的人。那是"大人格""大人生"。他们能不为"渐"所迷，不为造物所欺，而收缩无限的时间并空间于方寸的心中。故佛家能纳须弥于芥子。中国古诗人（白居易）说："蜗牛角上争何事？石火光中寄此身。"英国诗人（Blake）也说："一粒沙里见世界，一朵花里见天国；手掌里盛住无限，一刹那便是永劫。"

一九二五年作

大账簿①

*
*

我幼年时,有一次坐了船到乡间去扫墓。正靠在船窗口出神观看船脚边层出不穷的波浪的时候,手中拿着的不倒翁失足翻落河中。我眼看它跃入波浪中,向船尾方面滚腾而去,一刹那间形影俱杳,全部交付与不可知的渺茫的世界了。我看看自己的空手,又看看窗下的层出不穷的波浪——不倒翁失足的伤心地,再向船后面的茫茫白水怅望了一会,心中黯然地起了疑惑与悲哀。我疑惑不倒翁此去的下落与结果究竟如何,又悲哀这永远不可知的命运。它也许随了波浪流去,搁住在岸滩上,落入于某村童的手中;也许被渔网打去,从此做了渔船上的不倒翁;又或永远沉沦在幽暗的河底,岁久化为泥土,间从此不再见这个不倒翁。我晓得这不倒翁现在一定有个下落,将来也一定有个结果,然而谁能去调查呢?谁能知道这不可知的命运呢?这种疑惑与悲哀隐约地在我心头推移。终于我想:父亲或者知道这究竟,能解

---

① 本文曾载 1929 年 5 月 10 日《小说月报》第 20 卷第 5 号。

除我这种疑惑与悲哀。不然,将来我年纪长大起来,总有一天能知道这究竟,能解除这疑惑与悲哀。

后来我的年纪果然长大起来。然而这种疑惑与悲哀,非但依旧不能解除,反而随了年纪的长大而增多增深了。我携了小学校里的同学赴郊外散步,偶然折取一根树枝,当手杖用了一会,后来抛弃在田间的时候,总要对它回顾好几次,心中自问自答:"我不知几时得再见它?它此后的结果不知究竟如何?我永远不得再见它了!它的后事永远不可知了!"倘是独自散步,遇到这种事的时候我更要依依不舍地流连一会。有时已经走了几步,又回转身去,把所抛弃的东西重新拾起来,郑重地道个诀别,然后硬着头皮抛弃它,再向前走。过后我也曾自笑这痴态,而且明明晓得这些是人生中惜不胜惜的琐事;然而那种悲哀与疑惑确实地充塞在我的心头,使我不得不然!

在热闹的地方,忙碌的时候,我这种疑惑与悲哀也会被压抑在心的底层,而安然地支配取舍各种事物,不复作如前的痴态。间或在动作中偶然浮起一点疑惑与悲哀来;然而大众的感化与现实的压迫的力非常伟大,立刻把它压制下去,它只在我的心头一闪而已。一到静僻的地方,孤独的时候,最是夜间,它们又全部浮出在我的心头了。灯下,我推开算术演草簿,提起笔来在一张废纸上信手涂写日间所谙诵的诗句:"春蚕到死丝方尽,蜡炬成灰……"没有写完,就拿向灯火上,烧着了纸的一角。我眼看见火势孜孜地蔓延过来,心中又忙着和个个字道别。完全变成了灰烬之后,我眼前忽然分明现出那张字纸的完全的原形;俯视地上的灰烬,又感到了暗淡的悲哀。假定现在我要再见一见一分钟以前分明存在的那张字纸,无论托绅董、县官、省长、大总统,仗世界一切皇帝的势力,或尧舜、孔子、苏格拉底、基督等一切古代圣哲复生,大家协力帮我设法,也是绝对不可能的事了!——但这种奢望我决计没有。我只是看看那堆灰烬,想在没有区别的微尘中认识各个字的尸骸,找出哪一点是"春"字的灰,哪一点是"蚕"字的灰……又想象它明天朝晨被此地的仆人扫除出去,不知结果如何:倘然散入风中,不知它将分飞何处?"春"字的灰飞入谁家,"蚕"字的灰飞入谁家?……倘然混入泥土中,不知它将滋养哪几株植物?……都是渺茫不可知的千古的大疑问了。

吃饭的时候,一颗饭粒从碗中翻落在我的衣襟上。我顾视这颗饭粒,不想则已,一想又惹起一大篇的疑惑与悲哀来:不知哪一天哪一个农夫在哪一处田里种下一批稻,就中有一株稻穗上结着煮成这颗饭粒的谷。这粒谷又不知经过了谁的刈、谁的磨、谁的舂、谁的粜,而到了我们的家里,现在煮成饭粒,而落在我的衣襟上。这种疑问都可以有确实的答案;然而除了这颗饭粒自己晓得以外,世间没有一个人能调查,回答。

袋里摸出来一把铜板,分明个个有复杂而悠长的历史。钞票与银洋经过人手,有时还被打一个印,但铜板的经历完全没有痕迹可寻。它们之中,有的曾为街头乞丐的哀怨的目的物;有的曾为劳动者的血汗的代价;有的曾经换得一碗粥,救济一个饿夫的饥肠;有的曾经变成一粒糖,塞住一个小孩的啼哭;有的曾经参与在盗贼的赃物中;有的曾经安眠在富翁的大腹边;有的曾经安闲地隐居在茅厕的底里;有的曾经忙碌地兼备上述的一切的经历。且就中又有的恐怕不是初次到我的袋中,也未可知。这些铜板倘会说话,我一定要尊它们为上客,恭听它们历述其漫游的故事。倘然它们会记录,一定每个铜板可著一册比《鲁滨孙漂流记》

更离奇的奇书。但它们都像死也不肯招供的犯人，其心中分明秘藏着案件的是非曲直的实情，然而死也不肯泄漏它们的秘密。

现在我已行年三十，做了半世的人。那种疑惑与悲哀在我胸中，分量日渐增多，但刺激日渐淡薄，远不及少年时代以前的新鲜而浓烈了。这是我用功的结果。因为我参考大众的态度，看他们似乎全然不想起这类的事，饭吃在肚里，钱进入袋里，就天下太平，梦也不做一个。这在生活上的确大有实益，我就拼命以大众为师，学习他们的幸福。学到现在三十岁，还没有毕业。所学得的，只是那种疑惑与悲哀的刺激淡薄了一点，然其分量仍是跟了我的经历而日渐增多。我每逢辞去一个旅馆，无论其房间何等坏，臭虫何等多，临去的时候总要低徊一下子，想起"我有否再住这房间的一日？"又慨叹"这是永远的诀别了！"。每逢下火车，无论这旅行何等劳苦，邻座的人何等可厌，临走的时候总要发生一种特殊的感想："我有否再和这人同座的一日？恐怕是对他永诀了！"但这等感想的出现非常短促而又模糊，像飞鸟的黑影在池上掠过一般，真不过数秒间在我心头一闪，过后就全无其事。我究竟已有了学习的功夫了。然而这也全靠在老师——大众——面前，方始可能。一旦不见了老师，而离群索居的时候，我的故态依然复萌。现在正是其时：春风从窗中送进一片白桃花的花瓣来，落在我的原稿纸上。这分明是从我家的院子里的白桃花树上吹下来的，然而有谁知道它本来生在哪一枝头的哪一朵花上呢？窗前地上白雪一般的无数的花瓣，分明各有其故枝与故萼，谁能一一调查其出处，使它们重归其故萼呢？疑惑与悲哀又来袭击我的心了。

总之，我从幼时直到现在，那种疑惑与悲哀不绝地袭击我的心，始终不能解除。我的年纪越大,知识越丰富,它的袭击的力也越大。大众的榜样的压迫越严,它的反动也越强。倘一一记述我三十年来所经历的此种疑惑与悲哀的事例,其卷帙一定可同《四库全书》《大藏经》争多。然而也只限于我一个人在三十年的短时间中的经验;较之宇宙之大,世界之广,物类之繁,事变之多,我所经历的真不啻恒河中的一粒细沙。

我仿佛看见一册极大的大账簿,簿中详细记载着宇宙间世界上一切物类事变的过去、现在、未来三世的因因果果。自原子之细以至天体之巨,自微生虫的行动以至混沌的大劫,无不详细记载其来由、经过与结果,没有万一的遗漏。于是我从来的疑惑与悲哀,都可解除了。不倒翁的下落,手杖的结果,灰烬的去处,一一都有记录;饭粒与铜板的来历,一一都可查究;旅馆与火车对我的因缘,早已注定在项下;片片白桃花瓣的故萼,都确凿可考。连我所屡次叹为永不可知的、院子里的沙堆的沙粒的数目,也确实地记载着,下面又注明哪几粒沙是我昨天曾经用手掬起来看过的。倘要从沙堆中选出我昨天曾经掬起来看过的沙,也不难按这账簿而探索。——凡我在三十年中所见、所闻、所为的一切事物,都有极详细的记载与考证;其所占的地位只有书页的一角,全书的无穷大分之一。

我确信宇宙间一定有这册大账簿,于是我的疑惑与悲哀全部解除了。

一九二九年清明过了,写于石湾^①

---

① 本篇末原未署日期。这里所署的日期是发表在《小说月报》时篇末所署。后收入作者自编的《缘缘堂随笔》(人民文学出版社 1957 年 11 月初版)中,篇末误署为:1927 年作。

实行的悲哀[①]

＊
＊

寒假中，诸儿齐集缘缘堂，任情游戏，笑语喧阗。堂前好像每日做喜庆事。有一儿玩得疲倦，欹藤床少息，随手翻检床边柱上日历，愀然改容叫道："寒假只有一星期了！假期作业还未动手呢！"游戏的热度忽然为之降低。另一儿接着说："我看还是未放假时快乐，一放假就觉得不过如此，现在反觉得比未放时不快了。"这话引起了许多人的同情。

我虽不是学生，并不参与他们的假期游戏，但也是这话的同情者之一。我觉得在人的心理上，预想往往比实行快乐。西人有"胜利的悲哀"之说。我想模仿他们，说"实行的悲哀"，由预想进于实行，由希望变为成功，原是人生事业展进的正道。但在人心的深处，奇妙地存在着这种悲哀。

---

① 本篇原载《宇宙风》1936年2月16日第1卷第11期。

现在就从学生生活着想，先举星期日为例。凡做过学生的人，谁都能首肯，星期六比星期日更快乐。星期六的快乐的原因，原是为了有星期日在后头；但是星期日的快乐的滋味，却不在其本身，而集中于星期六。星期六午膳后，课业未了，全校已充满着一种弛缓的空气。有的人预先作归家的准备；有的人趁早作出游的计划。更有性急的人，已把包裹洋伞整理在一起，预备退课后一拿就走了！最后一课毕，退出教室的时候，欢乐的空气更加浓重了。有的唱着歌出来，有的笑谈着出来，年幼的跳舞着出来。先生们为环境所感，在这些时候大都暂把校规放宽，对于这等骚乱佯作不见不闻。其实他们也是真心地爱好这种弛缓的空气的。星期六晚上，学校中的空气达到了弛缓的极度。这晚上不必自修，也不被严格地监督。学生可以三三五五，各行其游息之乐。出校夜游一会也不妨，买些茶点回到寝室里吃也不妨，迟一点儿睡觉也不妨。这一黄昏，可说是星期日的快乐的最终了。过了这最终，弛缓的空气便开始紧张起来。因为到了星期日早晨，昨天所盼望的佳期已实际地达到，人心中已开始生出那种"实行的悲哀"来了。这一天，或者天气不好，或者人事不巧，昨日所预定的游约没有畅快地遂行，于是感到一番失望。即使天气好，人事巧，到了兴尽归校的时候，也不免尝到一种接近于"乐尽哀来"的滋味。明日的课业渐渐地挂上了心头，先生的脸孔隐约地出现在脑际，一朵无形的黑云，压迫在各人的头上了。而在游乐之后重新开始修业，犹似重新挑起曾经放下的担子来走路，起初觉得分量格外重些。于是不免懊恨起来，觉得还是没有这星期日好，原来，星期日之乐是决不在星期日的。

其次，毕业也是"实行的悲哀"之一例。学生入学，当然是希望毕业的。照事理而论，毕业应是学生最快乐的时候，但人的心情却不然：

毕业的快乐，常在于未毕业之时；一毕业，快乐便消失，有时反而来了悲哀；只有将毕业而未毕业的时候，学生才能真正地、浓烈地尝到毕业的快乐的滋味。修业期只有几个月了，在校中是最高级的学生了，在先生眼中是出山的了，在同学面前是老前辈了。这真是学生生活中最光荣的时期。加之毕业后的新世界的希望，"云路""鹏程"等词所暗示的幸福，隐约地出现在脑际，无限地展开在预想中。这时候的学生，个个是前程远大的新青年，个个是有作有为的好国民。不但在学生生活中，恐怕在人生中，这也是最光荣的时期了。然而果真毕了业怎样呢？告辞良师，握别益友，离去母校，先受了一番感伤且不去说它。出校之后，有的升学未遂，有的就职无着；即使升了学，就了职，这些新世界中自有种种困难与苦痛，往往与未毕业时所预想者全然不符。在这时候，他们常常要羡慕过去，回想在校时何等自由，何等幸福，巴不得永远做未毕业的学生了。原来毕业之乐是决不在毕业上的。

进一步看，爱的欢乐也是如此。男子欲娶未娶，女子欲嫁未嫁的时候，其所感受的欢喜最为纯粹而十全。到了实行婆嫁之后，前此之乐往往消减，有时反而来了不幸。西人言"结婚是恋爱的坟墓"，恐怕就是这"实行的悲哀"所使然的吧？富贵之乐也是如此。欲富而刻苦积金，欲贵而努力钻营的时候，是其人生活兴味最浓的时期。到了既富既贵之后，若其人的人性未曾完全丧尽，有时会感懊丧，觉得富贵不如贫贱乐了。《红楼梦》里的贾政拜相，元春为贵妃，也算是极人间荣华富贵之乐了，但我读了大观园省亲时元妃隔帘对贾政说的一番话，觉得人生悲哀之深，无过于此了。

人事万端，无从一一细说。忽忆从前游西湖时的一件小事，可以旁证一切。前年早秋，有一个风清日丽的下午，我与两位友人从湖滨泛舟，向白堤方面荡漾而进。俯仰顾盼，水天如镜，风景如画，为之心旷神怡。行近白堤，远远望见平湖秋月突出湖中，几与湖水相平。旁边围着玲珑的栏杆，上面覆着参差的杨柳。杨柳在日光中映成金色，清风摇摆它们的垂条，时时拂着树下游人的头。游人三三两两，分列在树下的茶桌旁，有相对言笑者，有凭栏共眺者，有翘首遐观者，意甚自得。我们从船中望去，觉得这些人尽是画中人，这地方正是仙源。我们原定绕湖兜一圈子的，但看见了这般光景，大家眼热起来，痴心欲身入这仙源中去做画中人了。就命舟人靠平湖秋月停泊，登岸选择座位。以前翘首遐观的那个人就跟过来，垂手侍立在侧，叩问："先生，红的？绿的？"我们命他泡三杯绿茶。其人受命而去。不久茶来，一只苍蝇浮死在茶杯中，先给我们一个不快。邻座相对言笑的人大谈麻雀经，又给我们一种啰唆。凭栏共眺的一男一女鬼鬼祟祟，又使我们感到肉麻。最后金色的垂柳上落下几个毛虫来，就把我们赶走。匆匆下船回湖滨，连绕湖兜圈子的兴趣也消失了。在归舟中相与谈论，大家认为风景只宜远看，不宜身入其中。现在回想，世事都同风景一样。世事之乐不在于实行而在于希望，犹似风景之美不在其中而在其外。身入其中，不但美即消失，还要生受苍蝇、毛虫、啰唆与肉麻的不快。世间苦的根本就在于此。

一九三六年阴历元旦写于石门湾，曾载《宇宙风》

生机①

※ ※

去年除夕夜买的一球水仙花,养了两个多月,直到今天方才开花。

今春天气酷寒,别的花木萌芽都迟,我的水仙尤迟。因为它到我家来,遭了好几次灾难,生机被阻抑了。

第一次遭的是旱灾,其情形是这样:它于去年除夕到我家,当时因为我的别寓里没有水仙花盆,我特为跑到瓷器店去买一只纯白的瓷盘来供养它。这瓷盘很大,很重,原来不是水仙花盆。据瓷器店里的老头子说,它是光绪年间的东西,是官场请客时用以盛某种特别肴馔的家伙。只因后来没有人用得着它,至今没有卖脱。我觉得普通所谓水仙花盆,长方形的、扇形的,在过去的中国画里都已看厌了,而且形式都不及这家伙好看,就假定这家伙是为我特制的水仙花盆,买了它

---

① 本篇原载《越风》1936年3月第10期。

来，给我的水仙花配合，形状色彩都很调和。看它们在寒窗下绿白相映，素艳可喜，谁相信这是官场中盛酒肉的东西？可是它们结合不到一个月，就要别离。为的是我要到石门湾去过阴历年，预期在缘缘堂住一个多月，希望把这水仙花带回去，看它开花才好。如何带法？颇费踌躇，叫工人阿毛拿了这盆水仙花乘火车，恐怕有人说阿毛提倡风雅；把它装进皮箱里，又不可能。于是阿毛提议："盘儿不要它，水仙花拔起来装在饼干箱里，携了上车，到家不过三四个钟头，不会旱杀的。"我通过了。水仙就与盘暂别，坐在饼干箱里旅行。回到家里，大家纷忙得很，我也忘记了水仙花。三天之后，阿毛突然说起，我猛然觉悟，找寻它的下落，原来被人当作饼干，搁在石灰甏上。连忙取出一看，绿叶憔悴，根须焦黄。阿毛说"勿碍"，立刻把它供养在家里旧有的水仙花盆中，又放些白糖在水里。幸而果然勿碍，过了几天它又欣欣向荣了。是为第一次遭的旱灾。

　　第二次遭的是水灾，其情形是这样：家里的水仙花盆中，原有许多色泽很美丽的雨花台石子。有一天早晨，被孩子们发现了，水仙花就遭殃：他们说石子里统是灰尘，埋怨阿毛不先将石子洗净，就代替他做这番工作。他们把水仙花拔起，暂时养在脸盆里，把石子倒在另一脸盆里，掇到墙角的太阳光中，给它们一一洗刷。雨花台石子浸着水，映着太阳光，光泽、色彩、花纹，都很美丽。有几颗可以使人想象起"通灵宝玉"来。看的人越聚越多，孩子们尤多，女孩子最热心。她们把石子照形状分类，照色彩分类，照花纹分类；然后品评其好坏，给每块石子打起分数来，最后又利用其形色，用许多石子拼起图案来。图案拼好，她们自去吃年糕了！年糕吃好，她们又去踢毽子了；毽子踢好，她们又去散步了。直到晚上，阿毛在墙角发现了石子的图案，叫道：

"咦,水仙花哪里去了?"东寻西找,发现它横卧在花台边上的脸盆中,浑身浸在水里。自晨至晚,浸了十来个小时,绿叶已浸得发肿,发黑了!阿毛说"勿碍",再叫小石子给它扶持,坐在水仙花盆中。是为第二次遭的水灾。

第三次遭的是冻灾,其情形是这样的:水仙花在缘缘堂里住了一个多月。其间春寒太甚,患难迭起。其生机被这些天灾人祸所阻抑,始终不能开花。直到我要离开缘缘堂的前一天,它还是含苞未放。我此去预定暮春回来,不见它开花又不甘心,以问阿毛。阿毛说:"用绳子穿好,提了去!这回不致忘记了。"我赞成。于是水仙花倒悬在阿毛的手里旅行了。它到了我的寓中,仍旧坐在原配的盆里。雨水过了,不开花。惊蛰过了,又不开花。阿毛说:"不晒太阳的缘故。"就掇到阳台上,请它晒太阳。今年春寒殊甚,阳台上虽有太阳光,同时也有料峭的东风,使人立脚不住。所以人都闭居在室内,从不走到阳台上去看水仙花。房间内少了一盆水仙花也没有人查问。直到次日清晨,阿毛叫了:"哎哟!昨晚水仙花没有拿进来,冻杀了!"一看,盆内的水连底冻,敲也敲不开;水仙花里面的水分也冻,其鳞茎冻得像一块白石头,其叶子冻得像许多翡翠条。赶快拿进来,放在火炉边。久而久之,盆里的水融了,花里的水也融了;但是叶子很软,一条一条弯下来,叶尖儿垂在水面。阿毛说"乌者①",我觉得的确有些儿"乌",但是看它的花蕊还是笔挺地立着,想来生机没有完全丧尽,还有希望。以问阿毛,阿毛摇头,随后说:"索性拿到灶间里去,暖些,我也可以常常顾到。"我赞成。"垂死的水仙花就被从房中移到灶间。是为

---

① 乌者,意即糟了。

第三次遭的冻灾。

谁说水仙花清高？它也像普通人一样，需要烟火气的。自从移入灶间之后，叶子渐渐抬起头来，花苞渐渐展开。今天花儿开得很好了！阿毛送它回来，我见了心中大快。此大快非仅为水仙花。人间的事，只要生机不灭，即使重遭天灾人祸，暂被阻抑，终有抬头的日子。个人的事如此，家庭的事如此，国家、民族的事也如此。

一九三六年三月作，曾载《越风》

佛无灵①

* *

　　我家的房子——缘缘堂——于去冬吾乡失守时被敌寇的烧夷弹焚毁了。我率全眷避地萍乡，一两个月后才知道这消息。当时避居上海的同乡某君②作诗以吊，内有句云："见语缘缘堂亦毁，众生浩劫佛无灵。"第二句下面注明这是我的老姑母的话。我的老姑母今年七十余岁，我出亡时苦劝她同行，未蒙允许，至今尚在失地中。五年前缘缘堂创造的时候，她老人家整日拿了史的克在基地上代为擘画，在工场中代为巡视，三寸长的小脚常常遍染了泥污而回到老房子里来吃饭。如今看它被焚，怪不得要伤心，而叹"佛无灵"。最近她有信来（托人带到上海友人处，转寄到桂林来的），末了说："缘缘堂虽已全毁，但烟囱尚完好，矗立于瓦砾场中。此是火食不断之象，将来还可做人家。"

---

① 本篇曾载1938年8月13日《抗战文艺》第2卷第4期。
② 某君，疑即徐益藩（一帆），作者姑丈前妻之孙。

缘缘堂烧了是"佛无灵"之故。这句话出于老姑母之口,入于某君之诗,原也平常。但我却有些反感:不是指摘某君思想不对,也不是批评老姑母话语说错,实在是慨叹一般人对于"佛"的误解。因为某君和老姑母并不信佛,他们是一般按照所谓信佛的人的心理而说这话的。

我十年前曾从弘一法师学佛,并且吃素。于是一般所谓"信佛"的人就称我为居士,引我为同志。因此我得交接不少所谓"信佛"的人。但是,十年以来,这些人我早已看厌了。有时我真懊悔自己吃素,我不屑与他们为伍。(我受先父遗传,平生不吃肉类。故我的吃素半是生理关系。我的儿女中有二人也是生理的吃素,吃下荤腥去要呕吐。但那些人以为我们同他们一样,为求利而吃素。同他们辩,他们还以为客气,真是冤枉。所以我有时懊悔自己吃素,被他们引为同志。)因为这班人多数自私自利,丑态可掬。非但完全不解佛的广大慈悲的精神,其利自私之欲且比所谓不信佛的人深得多!他们的念佛吃素,全为求私人的幸福,好比商人拿本钱去求利,又好比敌国的俘虏背弃了他们的伙伴,向我军官跪喊"老爷饶命",以求我军的优待一样。

信佛为求人生幸福,我绝不反对。但是,只求自己一人一家的幸福而不顾他人,我瞧他不起。得了些小便宜就津津乐道,引为佛祐(抗战期中,靠念佛而得平安逃难者,时有所闻);受了些小损失就怨天尤人,叹"佛无灵",真是"阿弥陀佛,罪过罪过!"。他们平日都吃素,放生,念佛,诵经。但他们的吃一天素,希望得到比吃十天鱼肉更大的报酬。他们放一条蛇,希望活一百岁。他们念佛诵经,希望个个字变成金钱。这些人从佛堂里散出来,说的都是果报:某人长年吃素,邻家都烧光了,他家毫无损失;某人念《金刚经》,强盗洗劫时独不抢他的；某人无子，信佛后一索得男；某人痔疮发，念了"大慈大悲观世音菩萨"，痔疮立刻断根……此外没有一句真正关于佛法的话。这完全是同佛做买卖，靠佛图利，吃佛饭。这真是所谓："群居终日，言不及义，好行小惠，难矣哉！"

我也曾吃素。但我认为吃素吃荤真是小事，无关大体。我曾作《护生画集》，劝人戒杀。但我的护生之旨是护心（其义见该书序），不杀蚂蚁非为爱惜蚂蚁之命，乃为爱护自己的心，使勿养成残忍。顽童无端一脚踏死群蚁，此心放大起来，就可以坐了飞机拿炸弹来轰炸市区。故残忍心不可不戒。因为所惜非动物本身，故用"仁术"来掩耳盗铃，是无伤的。我所谓吃荤吃素无关大体，意思就在于此。浅见的人，执着小体，斤斤计较：洋蜡烛用兽脂做，故不宜点；猫要吃老鼠，故不宜养；没有雄鸡交合而生的蛋可以吃得……这样地钻进牛角尖里去，真是可笑。若不顾小失大，能以爱物之心爱人，原也无妨，让他们钻进牛角尖里去碰钉子吧。但这些人往往自私自利，有我无人；又往往以此做买卖，以此图利，靠此吃饭，亵渎佛法，非常可恶。这些人简直是一种疯子，一种惹人讨嫌的人。所以我瞧他们不起，我懊悔自己吃素，我不屑与他们为伍。

真是信佛，应该理解佛陀四大皆空之义，而屏除私利；应该体会佛陀的物我一体，广大慈悲之心，而护爱群生。至少，也应知道亲亲而仁民，仁民而爱物之道。爱物并非爱惜物的本身，乃是爱人的一种基本练习。不然，就是"今恩足以及禽兽而功不至于百姓"的齐宣王。上述这些人，对物则惺惺爱惜，对人间痛痒无关，已经是循流忘源，见小失大，本末颠倒的了。再加之于自己唯利是图，这真是此间一等愚痴的人，不应该称为"佛徒",应该称之为"反佛徒"。

因为这种人世间很多,所以我的老姑母看见我的房子被烧了,要说"佛无灵"的话,所以某君要把这话收录诗中。这种人大概是想我曾经吃素,曾经作《护生画集》,这是一笔大本钱;拿这笔大本钱同佛做买卖所获的利,至少应该是别人的房子都烧了而我的房子毫无损失。便宜一点,应该是我不必逃避,而敌人的炸弹会避开我;或竟是我做汉奸发财,再添造几间新房子和妻子享用,正规军都不得罪我。今我没有得到这些利益,只落得家破人亡(流亡也),全家十口飘零在五千里外,在他们看来,这笔生意大蚀其本!这个佛太不讲公平交易,安得不骂"无灵?"

我也来同佛做买卖吧!但我的生意经和他们不同:我以为我这次买卖并不蚀本,且大得其利,佛毕竟是有灵的。人生求利益,谋幸福,无非为了要活,为了"生"。但我们还要求比"生"更贵重的一种东西,就是古人所谓"所欲有甚于生者"。这东西是什么?平日难于说定,现在很容易说出,就是"不做亡国奴",就是"抗敌救国"。与其不得这东西而生,宁愿得这东西而死。因为这东西比"生"更为贵重。现在佛已把这宗最贵重的货物交付我了。我这买卖岂非大得其利?房子不过是"生"的一种附饰而已,我得了比"生"更贵的货物,失了"生"的一件小小的附饰,有什么可惜呢?我便宜了!佛毕竟是有灵的。

叶圣陶先生的《抗战周年随笔》中说:"……我在苏州的家屋至今没有毁。我并不因为它没有毁而感到欢喜。我希望它被我们游击队的枪弹打得七穿八洞,我希望它被我们正规军队的大炮轰得尸骨无存,我甚而至于希望它被逃命无从的寇军烧个干干净净。"他的房子，听说建成才两年，而且比我的好。他如此不惜，一定也获得那样比房子更贵重的东西在那里。但他并不吃素，并不作《护生画集》。即他没有下过那种本钱。佛对于没有本钱的人，也把贵重货物交付他。这样看来，对佛做买卖这种本钱是没有用的。毕竟，对佛是不可做买卖的。

一九三八年七月二十四日于桂林

吃瓜子①

从前听人说:中国人人人具有三种博士的资格:拿筷子博士、吹煤头纸博士、吃瓜子博士。

拿筷子,吹煤头纸,吃瓜子,的确是中国人独得的技术。其纯熟深造,想起了可以使人吃惊。这里精通拿筷子法的人,有了一双筷,可抵刀锯叉瓢一切器具之用,爬罗剔抉,无所不精。这两根毛竹仿佛是身体上的一部分,手指的延长,或者一对取食的触手。用时好像变戏法者的一种演技,熟能生巧,巧极通神。不必说西洋了,就是我们自己看了,也可惊叹。至于精通吹煤头纸法的人,首推几位一天到晚捧水烟筒的老先生和老太太。他们的"要有火"比上帝还容易,只消向煤头纸上轻轻一吹,火便来了。他们不必出数元乃至数十元的代价去买打火机,只要有一张纸,便可临时在膝上卷起煤头纸来,向铜火炉盖的小孔内一插,拔出来一吹,火便来了。我小时候看见我们染坊店里的管账先生,

---

① 本篇曾载于1934年5月16日《论语》第41期。

有种种吹煤头纸的特技。我把煤头纸高举在他的额头旁边了,他会把下唇伸出来,使风向上吹;我把煤头纸放在他的胸前了,他会把上唇伸出来,使风向下吹;我把煤头纸放在他的耳旁了,他会把嘴歪转来,使风向左右吹;我用手按住了他的嘴,他会用鼻孔吹,都是吹一两下就着火的。中国人对于吹煤头纸技术造诣之深,于此可以窥见。所可惜者,自从卷烟和火柴输入中国而盛行之后,水烟这种"国烟"竟被冷落,吹煤头纸这种"国技"也很不发达了。生长在都会里的小孩子,有的竟不会吹,或者连煤头纸这东西也不曾见过。在努力保存国粹的人看来,这也是一种可虑的现象。近来国内有不少人努力于国粹保存。国医、国药、国术、国乐,都有人在那里提倡。也许水烟和煤头纸这种国粹,将来也有人起来提倡,使之复兴。

但我以为这三种技术中最进步最发达的,要算吃瓜子。近来"瓜子大王"的畅销,便是其老大的证据。据关心此事的人说,"瓜子大王"一类的装纸袋的瓜子,最近市上流行的有许多牌子。最初是某大药房"用科学方法创制"的,后来有什么好吃来公司、顶好吃公司……种种出品陆续产出。到现在差不多无论哪个穷乡僻处的糖食摊上,都有纸袋装的瓜子陈列而倾销着了。现代中国人的精通吃瓜子术,由此盖可想见。我对于此道,一向非常短拙,说出来有伤于中国人的体面,但对自家人不妨谈谈。我从来不曾自动地找求或买瓜子来吃。但到人家做客,受人劝诱时;或者在酒席上、杭州的茶楼上,看见桌上现成放着瓜子盆时,也便拿起来咬。我必须注意选择,选那较大、较厚,而形状平整的瓜子,放进口里,用臼齿"格"地一咬,再吐出来,用手指去剥。幸而咬得恰好,两瓣瓜子壳各向两旁扩张而破裂,瓜仁没有咬碎,剥起来就较为省力。若用力不得其法,两瓣瓜子壳和瓜仁叠在一起而折断了,吐出来的时候我就担忧。那瓜子已纵断为两半,两半瓣的瓜仁紧紧地装塞在两半瓣的瓜子壳中,好像日本版的洋装书,套在很紧的厚纸函中,不容易取它出来。这种洋装书的取出法,现在都已从日本人那里学得,不要把指头塞进厚纸函中去力握,只要使函口向下,两手扶着函,上下振动数次,洋装书自会脱壳而出。然而半瓣瓜子的形状太小了,不能应用这个方法,我只得用指爪细细地剥取。有时因为练习弹琴,两手的指爪都剪平,和尚头一般的手指对它简直毫无办法。我只得乘人不见把它抛弃了。在痛感困难的时候,我本拟不再吃瓜子了。但抛弃了之后,觉得口中有一种非甜非咸的香味,会引逗我再吃。我便不由地伸起手来,另选一粒,再送交臼齿去咬。不幸而这瓜子太燥,我的用力又太猛,"格"地一响,玉石不分,咬成了无数的碎块,事体就更糟了。我只得把粘着唾液的碎块尽行吐出在手心里,用心挑选,剔去壳的碎块,然后用舌尖舐食瓜仁的碎块。然而这挑选颇不容易,因为壳的碎块的一面也是白色的,与瓜仁无异,我误认为全是瓜仁而舐进口中去嚼,其味虽非嚼蜡,却等于嚼砂。壳的碎片紧紧地嵌进牙齿缝里,找不到牙签就无法取出。碰到这种钉子的时候,我就下个决心,从此戒绝瓜子。戒绝之法,大抵是喝一口茶来漱一漱口,点起一支香烟,或者把瓜子盆推开些,把身体换个方向坐了,以示不再对它发生关系。然而过了几分钟,与别人谈了几句话,不知不觉之间,会跟了别人而伸手向盆中摸瓜子来咬。等到自己觉察破戒的时候,往往是已经咬过好几粒了。这样,吃了非戒不可,戒了非吃不可;吃而复戒,戒而复吃,我为它受尽苦痛。这使我现在想起了瓜子觉得害怕。

但我看别人,精通此技的很多。我以为中国人的三种博士才能中,咬瓜子的才能最可叹佩。常见闲散的少爷们,一只手指间夹着一支香烟,一只手握着一把瓜子,且吸且咬,且咬且吃,且吃且谈,且谈且笑。从容自由,真是"交关写意"!他们不须拣选瓜子,也不须用手指去剥。一粒瓜子塞进了口里,只消"格"地一咬,"呸"地一吐,早已把所有的壳吐出,而在那里嚼食瓜子的肉。那嘴巴真像一具精巧灵敏的机器,不绝地塞进瓜子去,不绝地"格""呸""格""呸"……全不费力,可以永无罢休。女人们、小姐们的咬瓜子,态度尤其来得美妙:她们用兰花似的手指摘住瓜子的圆端,把瓜子垂直地塞在门牙中间,而用门牙去咬它的尖端。"的,的"两响,两瓣壳的尖头便向左右绽裂。然后那手敏捷地转个方向,同时头也帮着了微微地一侧,使瓜子水平地放在门牙口,用上下两门牙把两瓣壳分别拨开,咬住了瓜子肉的尖端而抽它出来吃。这吃法不但"的,的"的声音清脆可听,那手和头的转侧的姿势窈窕得很,有些儿妩媚动人,连丢去的瓜子壳也模样姣好,有如朵朵兰花。由此看来,咬瓜子是中国少爷们的专长,而尤其是中国小姐、太太们的拿手戏。

　　在酒席上、茶楼上,我看见过无数咬瓜子的圣手。近来"瓜子大王"畅销,我国的小孩子们也都学会了咬瓜子的绝技。我的技术,在国内不如小孩子们远甚,只能在外国人面前占胜。记得从前我在赴横滨的轮船中,与一个日本人同舱。偶检行箧,发现亲友所赠的一罐瓜子。旅途寂寥,我就打开来和日本人共吃。这是他平生没有吃过的东西,他觉得非常珍奇。在这时候,我便老实不客气地装出内行的模样,把吃法教导他,并且示范地吃给他看。托祖国的福,这示范没有失败。但看那日本人的练习,真是可怜得很!他如法将瓜子塞进口中,"格"地一咬,然而咬时不得其法,将唾液把瓜子的外壳全部浸湿,拿在手里剥的时候,滑来滑去,无从下手,终于滑落在地上,无处寻找了。

他空咽一口唾液，再选一粒来咬。这回他剥时非常小心，把咬碎了的瓜子陈列在舱中的食桌上，俯伏了头，细细地剥，好像修理钟表的样子。约莫一二分钟之后，好容易剥得了些瓜仁的碎片，郑重地塞进口里去吃。我问他滋味如何，他点点头连称 umai, umai！（好吃，好吃！）我不禁笑了出来。我看他那阔大的嘴里放进一些瓜仁的碎屑，犹如沧海中投以一粟，亏他辨出 umai 的滋味来。但我的笑不仅为这点滑稽，本由于骄矜自夸的心理。我想，这毕竟是中国人独得的技术，像我这样对于此道最拙劣的人，也能在外国人面前占胜，何况国内无数精通此道的少爷、小姐们呢？

发明吃瓜子的人，真是一个了不起的天才！这是一种最有效的"消闲"法。要"消磨岁月"，除了抽鸦片以外，没有比吃瓜子更好的方法了。其所以最有效者，为了它具备三个条件：一、吃不厌；二、吃不饱；三、要剥壳。

俗语形容瓜子吃不厌，叫作"勿完勿歇"。为了它有一种非甜非咸的香味，能引逗人不断地要吃。想再吃一粒不吃了，但是嚼完吞下之后，口中余香不绝，不由你不再伸手向盆中或纸包里去摸。我们吃东西，凡一味甜的，或一味咸的，往往易于吃厌。只有非甜非咸的，可以久吃不厌。瓜子的百吃不厌，便是为此。有一位老于应酬的朋友告诉我一段吃瓜子的趣话：说他已养成了见瓜子就吃的习惯。有一次同了朋友到戏馆里看戏，坐定之后，看见茶壶的旁边放着一包打开的瓜子，便随手向包里掏取几粒，一面咬着，一面看戏。咬完了再取，取了再咬。如是数次，发现邻席的不相识的观剧者也来掏取，方才想起了这包瓜子的所有权，低声问他的朋友："这包瓜子是你买来的吗？"那朋友说"不"，他才知道刚才是擅吃了人家的东西，便向邻座的人道歉。邻座的人很漂亮，付之一笑，索性正式地把瓜子请客了。由此可知瓜子这样东西，对中国人有非常的吸引力，不管三七二十一，见了瓜子就吃。

俗语形容瓜子吃不饱，叫作"吃三日三夜，长个屎尖头"。因为这东西分量微小，无论如何也吃不饱，连吃三日三夜，也不过多排泄一粒屎尖头。为消闲计，这是很重要的一个条件。倘分量大了，一吃就饱，时间就无法消磨。这与赈饥的粮食目的完全相反。赈饥的粮食求其吃得饱，消闲的粮食求其吃不饱。最好只尝滋味而不吞物质。最好越吃越饿，像罗马亡国之前所流行的"吐剂"一样，则开筵大嚼，醉饱之后，咬一下瓜子可以再来开筵大嚼，一直把时间消磨下去。

要剥壳也是消闲食品的一个必要条件。倘没有壳，吃起来太便当，容易饱，时间就不能多多消磨了。一定要剥，而且剥的技术要有声有色，使它不像一种苦工，而像一种游戏，方才适合于有闲阶级的生活，可让他们愉快地把时间消磨下去。

具足以上三个利于消磨时间的条件的，在世间一切食物之中，想来想去，只有瓜子。所以我说发明吃瓜子的人是了不起的天才。而能尽量地享用瓜子的中国人，在消闲一道上，真是了不起的积极的实行家！试看糖食店、南货店里的瓜子的畅销，试看茶楼、酒店、家庭中满地的瓜子壳，便可想见中国人在"格""呸""的""的"的声音中消磨去的时间，每年统计起来为数一定可惊。将来此道发展起来，恐怕是全中国也可消灭在"格""呸""的""的"的声音中呢。

我本来见瓜子害怕，写到这里，觉得更加害怕了。

廿三（1934）年四月廿日

晨梦[1]

* *

我常常在梦中晓得自己做梦。晨间,将醒未醒的时候,这种情形最多,这不是我一人独有的奇癖,讲出来常常有人表示同感。

近来我尤多经验这种情形:我妻到故乡去作长期的归宁,把两个小孩子留剩在这里,交托我管。我每晚要同他们一同睡觉。他们先睡,九点钟定静,我开始读书、作文,往往过了半夜,才钻进他们的被窝里。天一亮,小孩子就醒,像鸟儿在我耳边喧聒,又不绝地催我起身。然这时候我正在晨梦,一面隐隐地听见他们的喧聒,一面在做梦中的遨游。他们叫我不醒,将嘴巴合在我的耳朵上,大声疾呼:"爸爸!起身了!"立刻把我从梦境里拉出。有时我的梦正达于兴味的高潮,或还没有告段落,就回他们话,叫他们再唱一曲歌,让我睡一歇,连忙蒙上被头,继续进行我的梦游。这的确会继续进行,甚至打断两三次也不妨。不

---

[1] 本篇原载于《小说月报》1927年11月10日第18卷第11号。

过那时候的情形很奇特:一面寻找梦的头绪,继续演进,一面又能隐隐地听见他们的唱歌声的断片。即一面在热心地做梦中的事,一面又知道这是虚幻的梦。有梦游的假我,同时又有伴小孩子睡着的真我。

但到了孩子大哭,或梦完结了的时候,我也就毅然地起身了。披衣下床,"今日有何要务"的真我的正念凝集心头的时候,梦中的妄念立刻被排出意外,谁还留恋或计较呢?

"人生如梦",这话是古人所早已道破的,又是一切人所痛感而承认的。那么我们的人生,都是同我的晨梦一样——在梦中晓得自己做梦的了。这念头一起,疑惑与悲哀的感情就支配了我的全体,使我终于无可自解,无可自慰。往往没有穷究的勇气,就把它暂搁在一旁,得过且过地过几天再说。这想来也不是我一人的私见,讲出来一定有许多人表示同感吧!

因为这是众目昭彰的一件事:无穷大的宇宙间的七尺之躯,与无穷久的浩劫中的数十年,而能上穷星界的秘密,下探大地的宝藏,建设诗歌的美丽的国土,开拓哲学的神秘的境地。然而一到这脆弱的躯壳损坏而朽腐的时候,这伟大的心灵就一去无迹,永远没有这回事了。这个"我"的儿时的欢笑,青年的憧憬,中年的哀乐,名誉,财产,恋爱……在当时何等认真,何等郑重,然而到了那一天,全没有"我"的一回事了!哀哉,"人生如梦"!

然而回看人世,又觉得非常诧异:在我们以前,"人生"已被反复了数千万遍,都像昙花泡影地倏现倏灭。大家一面明明知道自己也是如此，一面却又置若不知，毫不怀疑地热心做人——做官的热心办公，做兵的热心体操，做商的热心算盘，做教师的热心上课，做车夫的热心拉车，做厨房的热心烧饭……还有做学生的热心求知识，以预备做人——这明明是自杀，慢性的自杀！

这便是为了人生的饱暖的愉快，恋爱的甘美，结婚的幸福，爵禄富厚的荣耀，把我们骗住，致使我们无暇回想，流连忘返，得过且过，提不起穷究人生的根本的勇气，糊涂到死。

"人生如梦！"不要把这句话当作文学上的装饰的丽句！这是当头的棒喝！古人所道破，我们所痛感而承认的。我们的人生的大梦，确是——同我的晨梦一样——在梦中晓得自己做梦的。我们一面在热心地做梦中的事，一面又知道这是虚幻的梦。我们有梦中的假我，又有本来的"真我"。我们毅然起身，披衣下床，真我的正念凝集于心头的时候，梦中的妄念立刻被置之一笑，谁还留恋或计较呢？

同梦的朋友们！我们都有"真我"的，不要忘记了这个"真我"，而沉酣于虚幻的梦中！我们要在梦中晓得自己做梦，而常常找寻这个"真我"的所在。

肉腿

*
*

　　清晨六点钟，寒暑表的水银已经爬上九十二度①。我臂上挂着一件今年未曾穿过的夏布长衫，手里提着行囊，在朝阳照着的河埠上下船，船就沿着运河向火车站开驶。

　　这船是我自己雇的。船里备着茶壶、茶杯、西瓜、薄荷糕、蒲扇和凉枕，都是自己家里拿下来的，同以前出门写生的时候一样。但我这回下了船，心情非常不快：一则为了天气很热，前几天清晨八十九度，正午升到九十九度。今天清晨就九十二度，正午定然超过百度以上，况且又在逼近太阳的船篷底下。加之打开行囊就看见一册《论语》，它的封面题着李笠翁的话，说道人应该在秋、冬、春三季中做事而以夏季中休息，这话好像在那里讥笑我。二则，这一天我为了必要的人事而出门，不比以前开"写生画船"的悠闲。那时正是暮春天气，我

---

① 九十二度，指华氏度。

雇定一只船,把自己需用的书籍、器物、衣服、被褥放进船室中,自己坐卧其间。听凭船主摇到哪个市镇靠夜,便上岸去自由写生,大有"听其所止而休焉"的气概。这回下船时形式依旧,意义却完全不同。这一次我不是到随便哪里去写生,我是坐了这船去赶十一点钟的火车。上回坐船出于自动,这回坐船出于被动。这点心理便在我胸中作起怪来,似乎觉得船室里的事物件件都不称心了。然而船窗外的特殊的景象,却引起了我的注意。

从石门湾到崇德之间,十八里运河的两岸,密接地排列着无数的水车。无数仅穿着一条短裤的农人,正在那里踏水。我的船在其间行进,好像阅兵式里的将军。船主人说,前天有人数过,两岸的水车共计七百五十六架。连日大晴大热,今天水车架数恐又增加了。我设想从天中望下来,这一段运河大约像一条蜈蚣,数百只脚都在那里动。我下船的时候心情的郁郁,到这时候忽然变成了惊奇。这是天地间的一种伟观,这是人与自然的剧战。火一般的太阳赫赫地照着,猛烈地在那里吸收地面上所有的水;浅浅的河水懒洋洋地躺着,被太阳越晒越浅。两岸数千百个踏水的人,尽量地使用两腿的力量,在那里同太阳争夺这一些水。太阳升得越高,他们踏得越快,"洛洛洛洛……"响个不绝。后来终于戛然停止,人都疲乏而休息了;然而太阳似乎并不疲倦,不须休息;在静肃的时候,炎威更加猛烈了。

听船人说,水车的架数不只这一些,运河的里面还有着不少。继续两三个月的大热大旱,田里、浜里、小河里,都已干燥见底;只有这条运河里还有些水。但所有的水很浅,大桥的磐石已经露出二三尺;河埠石下面的桩木也露出一二尺,洗衣汲水的人,蹲在河埠最下面一块石头上也撩不着水,须得走下到河床的边上来浣汲。我的船在河的中道独行,尚无阻碍,逢到和来船交手过的时候,船底常常触着河底,轧轧地作声。然而农人为田禾求水,舍此以外更没有其他的源泉。他们在运河边上架水车,把水从运河踏到小河里,再在小河边上架水车,把水从小河踏到浜里;再在浜上架水车,把水从浜里踏进田里。所以运河两岸的里面,还藏着不少的水车。"洛洛洛洛……"之声因远近而分强弱数种,互相呼应着。这点水仿佛某种公款,经过许多人之手,送到国库时所剩已无几了。又好比某种公文,由上司行到下司,费时很久,费力很多。因为河水很浅,水车必须竖得很直,方才吸得着水。我在船中目测那些水车与水平面所成的角度,都在四十五度以上;河岸特别高的地方,竟达五六十度。不曾踏过或见过水车的读者,也可想象:这角度越大,水爬上来时所经的斜面越峭,即水的分量越重,踏时所费的力量越多。这水仿佛是从井里吊起来似的。所以踏这等水车,每架起码三个人,而且一个车水口上所设水车不止一架。

故村里所有的人家,除老弱以外,大家须得出来踏水。根本没有种田就逢大旱的人家,或所种的禾稻已经枯死的人家,也非出来参加踏水不可,不参加的干犯众怒,有性命之忧。这次的工作非为"自利",因为有多人自己早已没有田禾了;又说不上"利他",因为踏进去的水被太阳蒸发还不够,无暇去滋润半枯的禾稻的根了。这次显然是人与自然的剧烈的抗争。不抗争而活是羞耻的,不抗争而死是怯弱的;抗争而活是光荣的,抗争而死也是甘心的。农人对于这个道理,嘴上虽然不说,肚里很明白。眼前的悲壮的光景便是其实证。有的水车上,连妇人、老太婆、十一二岁的小孩子都在那里帮工。"噔,噔,噔",

锣声响处，一齐戛然停止。有的到荫处坐着喘息；有人向桑树拳头①上除下篮子来取吃食。篮子里有的是蚕豆。他们破晓吃了粥，带了一篮蚕豆出来踏水。饥时以蚕豆充饥，一直踏到夜半方始回去睡觉。只有少数的"富有"之家的篮子里，盛着冷饭。"喤，喤，喤！"锣声响处，大家又爬上水车，"洛洛洛洛"地踏起来。无数赤裸裸的肉腿并排着，合着一致的拍子而交互动作，演成一种模样。我的心情由不快变成惊奇，由惊奇而又变成一种不快。以前为了我的旅行太苦痛而不快，如今为了我的旅行太舒服而不快。我的船篷下的热度似乎忽然降低了；小桌上的食物似乎忽然太精美了；我的出门的使命似乎忽然太轻松了。直到我舍船登岸，通过了奢华的二等车厢而坐到我的三等车厢里的时候，这种不快方才渐渐解除。唯有那活动的肉腿的长长的模样，只管保留印象在我的脑际。这印象如何？住在都会的繁华世界里的人最容易想象，他们这几天晚上不是常在舞场里、银幕上看见舞女的肉腿的活动的模样吗？踏水的农人的肉腿的模样正和这相似，不过线条较硬些，色彩较黑些。近来农人踏水每天到夜半方休。舞场里、银幕上的肉腿忙着活动的时候，正是运河岸上的肉腿忙着活动的时候。

一九三四年八月十五日于杭州招贤寺

---

① 桑树拳头，指桑树上抽新枝处。

贰 * 无宠不惊过一生

人生也有冬夏,童年如夏,成年如冬;或少壮如夏,老如冬。在人生的冬夏,自然也常教人的感觉变叛,其命令有这般严重,又这般滑稽。

忆儿时①

* *

一

我回忆儿时,有三件不能忘却的事。

第一件是养蚕。那是我五六岁时、我祖母在世的事。我祖母是一个豪爽而善于享乐的人,良辰佳节不肯轻轻放过。养蚕也每年大规模地举行。其实,我长大后才晓得,祖母养蚕并非专为图利,叶贵的年头常要蚀本,然而她喜欢这暮春点缀,故每年大规模地举行。我所喜欢的,最初是蚕落地铺。那时我们的三开间的厅上、地上统是蚕,架着经纬的跳板,以便通行及饲叶。蒋五伯挑了担到地里去采叶,我与诸姐跟了去,去吃桑葚。蚕落地铺的时候,桑葚已很紫而甜了,比杨梅好吃得多。我们吃饱之后,又用一张大叶做一只碗,采了一碗桑葚,跟了

---

① 本篇曾载于 1927 年 6 月 10 日《小说月报》第 18 卷第 6 号。

蒋五伯回来。蒋五伯饲蚕，我就走跳板为戏乐，常常失足翻落地铺里，压死许多蚕宝宝，祖母忙喊蒋五伯抱我起来，不许我再走。然而这满屋的跳板，像棋盘街一样，又很低，走起来一点也不怕，真是有趣。这真是一年一度的难得的乐事！所以虽然祖母禁止，我总是每天要去走。

蚕上山之后，全家静静守护，那时不许小孩子们吵了，暂时感到沉闷。然而过了几天，采茧、做丝，热闹的空气又浓起来了。我们每年照例请牛桥头七娘娘来做丝。蒋五伯天天买枇杷和软糕来给采茧、做丝、烧火的人吃。大家认为现在是辛苦而有希望的时候，应该享受这点心，都不客气地取食，我也无功受禄地天天吃多量的枇杷与软糕，这又是乐事。

七娘娘做丝休息的时候，捧了水烟筒，伸出她左手上的短少半段的小指给我看，对我说："做丝的时候，丝车后面，万万不可走近去的。"她的小指，便是小时候不留心被丝车轴棒轧脱的。她又说："小囡囡不可走近丝车后面去，只管坐在我身旁，吃枇杷，吃软糕。还有做丝做出来的蚕蛹，叫妈妈油炒一炒，真好吃哩！"然而我始终不要吃蚕蛹，大概是我爸爸和诸姐都不要吃的缘故。我所乐的，只是那时候家里的非常的空气。日常固定不动的堂窗、长台、八仙椅都收拾去，而变成不常见的丝车、匾、缸。又不断地公然地可以吃小食。

丝做好后，蒋五伯口中唱着"要吃枇杷，来年蚕吧"，收拾丝车，恢复一切陈设。我感到一种兴尽的寂寥。然而对这种变换，倒也觉得新奇而有趣。

现在我回忆这儿时的事，常常使我神往！祖母、蒋五伯、七娘娘和诸姐都像童话里、戏剧里的人物了。且在我看来，他们当时这剧的主人公便是我。何等甜美的回忆！只是这剧的题材，现在我仔细想想觉得不好：养蚕做丝，在生计上是幸福的，然其本身是数万的生灵的杀虐！《西青散记》里面有两句仙人的诗句："自织藕丝衫子嫩，可怜辛苦赦春蚕。"安得人间也发明织藕丝的丝车，而尽赦天下的春蚕的性命！

我七岁上祖母死了，我家不复养蚕。不久父亲与诸姐弟相继死亡，家道衰落了，我幸福的儿时也过去了。因此这回忆一面使我永远神往，一面又使我永远忏悔。

二

第二件不能忘却的事，是父亲的中秋赏月，而赏月之乐的中心，在于吃蟹。

我的父亲中了举人之后，科举就废，他无事在家，每日吃酒、看书。他不要吃羊、牛、猪肉，而喜欢吃鱼、虾之类。而对于蟹，尤其喜欢。自七八月起直到冬天，父亲平日的晚酌规定吃一只蟹，一碗隔壁豆腐店里买来的开锅热豆腐干。他的晚酌，时间总在黄昏。八仙桌上一盏洋油灯，一把砂酒壶，一只热豆腐干的碎瓷盖碗，一把水烟筒，一本书，桌子角上一只端坐的老猫，我脑中这印象非常深刻，到现在还可以清楚地浮现出来。我在旁边看，有时他给我一只蟹脚或半块豆腐干。然而我喜欢蟹脚。蟹的味道真好，我们五个姊妹兄弟都喜欢吃，也是为了父亲喜欢吃的缘故。只有母亲与我们相反，喜欢吃肉，而不喜欢又不会吃蟹，吃的时候常常被蟹螯上的刺刺破手指，出血；而且抉剔得很不干净，父亲常常说她是外行。父亲说："吃蟹是风雅的事，艺法也要内行才懂得。先折蟹脚，后开蟹斗……脚上的拳头（即关节）里的肉怎样可以吃干净，脐里的肉怎样可以剔出……脚爪可以当作剔肉的针……蟹螯上的骨头可以拼成一只很好看的蝴蝶……"父亲吃蟹真是内行，吃得非常干净。所以陈妈妈说："老爷吃下来的蟹壳，真是蟹壳。"

蟹的储藏所，就在天井角落里的缸里，经常总养着十来只。到了七夕、七月半、中秋、重阳等节候上，缸里的蟹就满了，那时我们都有得吃，而且每人得吃一大只，或一只半。尤其是中秋一天，兴致更浓。在深黄昏，移桌子到隔壁的白场①上的月光下面去吃。更深人静，明月底下只有我们一家的人，恰好围成一桌，此外只有一个供差使的红英坐在旁边。大家谈笑，看月亮，他们——父亲和诸姐——直到月落时光，我则半途睡去，与父亲和诸姐不分而散。

这原是为了父亲嗜蟹，以吃蟹为中心而举行的。故这种夜宴，不仅限于中秋，有蟹的季节里的月夜，无端也要举行数次。不过不是良辰佳节，我们少吃一点，有时两人分吃一只。我们都学父亲，剥得很精细，剥出来的肉不是立刻吃的，都积受在蟹斗里，剥完之后，放一点姜醋，拌一拌，就作为下饭的菜，此外没有别的菜了。因为父亲吃菜是很省的，而且他说蟹是至味，吃蟹时混吃别的菜肴，是乏味的。我们也学他，半蟹斗的蟹肉，过两碗饭还有余，就可得父亲的称赞，又可以白口吃

---

① 白场，作者家乡话，意即场地。

下余多的蟹肉,所以大家都勉励节省。现在回想那时候,半条蟹腿肉要过两大口饭,这滋味真好!自父亲去世以后,我不曾再尝这种好滋味。现在,我已经自己做父亲,况且已经茹素,当然永远不会再尝这滋味了。唉!儿时欢乐,何等使我神往!

然而这一剧的题材,仍是生灵的杀虐!因此这回忆一面使我永远神往,一面又使我永远忏悔。

三

第三件不能忘却的事,是与隔壁豆腐庄里的王囡囡的交游,而这交游的中心,在于钓鱼。

那是我十二三岁时的事,隔壁豆腐店里的王囡囡是当时我的小侣伴中的大阿哥。他是独子,他的母亲、祖母和大伯,都很疼爱他,给他很多的钱和玩具,而且每天放任他在外游玩。他家与我家贴邻而居。我家的人们每天赴市,必须经过他家的豆腐店的门口,两家的人们朝夕相见,互相来往。小孩们也朝夕相见,互相来往。此外他家对于我家似乎还有一种邻人以上的深切的交谊,故他家的人对我特别要好,他的祖母常常拿自产的豆腐干、豆腐衣等来送给我父亲下酒。同时在小伴侣中,王囡囡也特别和我要好。他的年纪比我大,气力比我好,生活比我丰富,我们一道游玩的时候,他时时引导我,照顾我,犹似长兄对于幼弟。我们有时在我家的染坊店里的榻上玩耍,有时相偕出游。他的祖母每次看见我俩一同玩耍,必叮嘱囡囡好好看待我,勿要相骂。我听人说,他家似乎曾经患难,而我父亲曾经帮他们忙,所以他家大人们吩咐王囡囡照应我。

我起初不会钓鱼,是王囡囡教我的。他叫他大伯买两副钓竿,一副送我,一副他自己用。他到米桶里去捉许多米虫,浸在盛水的罐头里,领了我到木场桥头去钓鱼。他教给我看,先捉起一个米虫来,把钓钩由虫尾穿进,直穿到头部。然后放下水去。他又说:"浮珠一动,你要立刻拉,那么钩子钩住鱼的腭,鱼就逃不脱。"我照他所教的试验,果然第一天钓了十几头白条,然而都是他帮我拉钓竿的。

第二天,他手里拿了半罐头扑杀的苍蝇,又来约我去钓鱼。途中他对我说:"不一定是米虫,用苍蝇钓鱼更好。鱼喜欢吃苍蝇!"这一天我们钓了一小桶各种的鱼。回家的时候,他把鱼桶送到我家里,说他不要。我母亲就叫红英去煎一煎,给我下晚饭。

自此以后,我只管喜欢钓鱼。不一定要王囡囡陪去,自己一人也去钓,又学得了掘蚯蚓来钓鱼的方法。而且钓来的鱼,不仅够自己下晚饭,还可送给店里的人吃,或给猫吃。我记得这时候我的热心钓鱼,不仅出于游戏欲,又有几分功利的兴味在内。有三四个夏季,我热心于钓鱼,给母亲省了不少的菜蔬钱。

后来我长大了,赴他乡入学,不复有钓鱼的工夫。但书中常常读到赞咏钓鱼的文句,例如什么"独钓寒江雪",什么"渔樵度此身",才知道钓鱼原来是很风雅的事。后来又晓得有所谓"游钓之地"的美名称,是形容人的故乡的。我大受其煽惑,为之大发牢骚:我想钓鱼确是雅的,我的故乡,确是我的游钓之地,确是可怀的故乡。但是现在想想,不幸而这题材也是生灵的杀虐!

我的黄金时代很短,可怀念的又只有这三件事。不幸而都是杀生取乐,都使我永远忏悔。

一九二七年梅雨时节^①

---

① 本篇末原未署日期。这里所署的日期是发表在《小说日报》时篇末所署。

梦痕[①]

*
*

我的左额上有一条同眉毛一般长短的疤。这是我儿时游戏中在门槛上跌破了头颅而结成的。相面先生说这是破相,这是缺陷。但我自己美其名曰"梦痕"。因为这是我的梦一般的儿童时代所遗留下来的唯一的痕迹。由这痕迹可以探寻我的儿童时代的美丽的梦。

我四五岁时,有一天,我家为了"打送"(吾乡风俗,亲戚家的孩子第一次上门来做客,辞去时,主人家必做几盘包子送他,名曰"打送")某家的小客人,母亲、姑母、婶母和诸姊们都在做米粉包子。厅屋的中间放一只大匾,匾的中央放一只大盘,盘内盛着一大堆黏土一般的米粉,和一大碗做馅用的甜甜的豆沙。母亲们大家围坐在大匾的四周。各人卷起衣袖,向盘内摘取一块米粉来,捏做一只碗的形状;夹取一筷豆沙来藏在这碗内;然后把碗口收拢来,做成一个圆子。再

---

① 原载于《人间世》1934年7月20日第8期,原名《疤》。

用手法把圆子捏成三角形,扭出三条绞丝花纹的脊梁来;最后在脊梁凑合的中心点上打一个红色的"寿"字印子,包子便做成。一圈一圈地陈列在大匾内,样子很是好看。大家一边做,一边兴高采烈地说笑。有时说谁的做得太小,谁的做得太大;有时称姑母的做得太玲珑,有时笑指母亲的做得像个锅饼。笑语之声,充满一堂。这是年中难得的全家欢笑的日子。而在我,做孩子们的,在这种日子更有无上的欢乐;在准备做包子时,我得先吃一碗甜甜的豆沙。做的时候,我只要噪闹一下子,母亲们会另做一只小包子来给我当场就吃。新鲜的米粉和新鲜的豆沙,热热地做出来味道就是很好的。我往往吃一只不够,再吵闹一下子就得吃第二只。倘然吃第二只还不够,我可嚷着要替她们打寿字印子。这印子是不容易打的:蘸的水太多了,打出来一塌糊涂,看不出寿字;蘸的水太少了,打出来又不清楚;况且位置要摆得正,歪了就难看;打坏了又不能揩抹涂改。所以我嚷着要打印子,是母亲们所最怕的事。她们便会和我请商,把做圆子收口时摘下来的一小粒米粉给我,叫我"自己做来自己吃"。这正是我所盼望的主要目的!开了这个例之后,各人做圆子收口时摘下来的米粉,就都得照例归我所有。再不够时还得要求向大盘中扭一把米粉来,自由捏造各种黏土手工:捏一个人,团拢了,改捏一个狗;再团拢了,再改捏一支水烟管,捏到手上的龌龊都混入其中,而雪白的米粉变成了灰色的时候,我再向她们要一朵豆沙来,裹成各种三不像的东西,吃下肚子里去。这一天因为我吵得特别厉害些,姑母做了两只小玲珑的包子给我吃,母亲又外加一团米粉给我玩。为求自由,我不在那场上吃弄,拿了到店堂里,和五哥哥一同玩弄。五哥哥者,后来我知道是我们店里的学徒,但在当时我只知道他是我儿时的最亲爱的伴侣。他的年纪比我大,智力比我高,胆量比我大,他常做出种种我所意想不到的玩意儿来,使得我惊奇。这一天我把包子和米粉拿出去同他共玩，他就寻出几个印泥菩萨的小型的红泥印子来，教我印米粉菩萨。

后来我们争执起来，他拿了他的米粉菩萨逃。我就拿了我的米粉菩萨追。追到排门旁边，我跌了一跤，额骨磕在排门槛上，磕了眼睛大小的一个洞，便晕迷不省。等到有知觉的时候，我已被抱在母亲手里，外科郎中蔡德本先生，正在用布条向我的头上重重叠叠地包裹。

自从我跌伤以后，五哥哥每天乘店里空闲的时候到楼上来审问我。来时必然偷偷地从衣袖里摸出些我所爱玩的东西来——例如关在自来火匣子里的几只叩头虫，洋皮纸人头，老菱壳做成的小脚，顺治铜钿磨成的小刀等——送给我玩，直到我额上结成这个疤。

讲起我额上的疤的来由，我的回想中印象最清楚的人物，莫如五哥哥。而五哥哥的种种可惊可喜的行状，与我的儿童时代的欢乐，也便跟了这回想而历历地浮出到眼前来。

他的行为的顽皮，我现在想起了还觉吃惊。但这种行为对于当时的我，有莫大的吸引力。使我时时刻刻追随他，自愿地做他的从者。他用手捉住一条大蜈蚣，摘去了它的有毒的钩爪，而藏在衣袖里，走到各处，随时拿出来吓人。我跟了他走，欣赏他的把戏。他有时偷偷地把这条蜈蚣放在别人的瓜皮帽子上，让它沿着那人的额骨爬下去，吓得那人直跳起来。有时怀着这条蜈蚣去登坑，等候邻席的登坑者正在拉粪的时候，把蜈蚣丢在他的裤子上，使得那人扭着裤子乱跳，累了满身的粪。又有时当众人面前他偷把这条蜈蚣放在自己的额上，假装被咬的样子而号啕大哭起来，使得满座的人惊惶失措，七手八脚地为他营救。正在危急存亡的时候，他伸起手来收拾了这条蜈蚣，忽然破涕为笑，一缕烟逃走了。后来这套戏法渐渐做穿，有的人警告他说，若是再拿出蜈蚣来，要打头颈拳了。于是他换出别种花样来：他躲在门口，等候警告打头颈拳的人将走出门，突然大叫一声，倒身在门槛边的地上，乱滚乱撞，哭着嚷着，说是践踏了一条臂膀粗的大蛇，但蛇是已经窜进榻底下去了。走出门来的人被他这一吓，实在魂飞魄散；但见他的受难比他更深，也无可奈何他，只怪自己的运气不好。他看见一群人蹲在岸边钓鱼，便参加进去，和蹲着的人闲谈。同时偷偷地把其中相接近的两人的辫子梢头结住了，自己就走开，躲到远处去作壁上观。被结住的两人中若有一人起身欲去，滑稽剧就演出来给他看了。诸如此类的恶戏，不胜枚举。

现在回想他这种玩耍，实在近于为虐的戏谑。但当时他热心地创作，而热心地欣赏的孩子，也不止我一个。世间的严正的教育者！请稍稍原谅他的顽皮！我们的儿时，在私塾里偷偷地玩了一个折纸手工，是要遭先生用铜笔套管在额骨上猛钉几下，外加在至圣先师孔子之神位面前跪一炷香的！

况且我们的五哥哥也曾用他的智力和技术来发明种种富有趣味的玩意儿，我现在想起了还可以神往。暮春的时候，他领我到田野去偷新蚕豆。把嫩的生吃了，而用老的来做"蚕豆水龙"。其做法，用煤头纸火把老蚕豆荚熏得半熟，剪去其下端，用手一捏，荚里的两粒豆就从下端滑出，再将荚的顶端稍稍剪去一点，使成一个小孔。然后把豆荚放在水里，待它装满了水，以一手的指捏住其下端而取出来，再以另一手的指用力压榨豆荚，一条细长的水带便从豆荚的顶端的小孔内射出。制法精巧的，射水可达一二丈之远。他又教我"豆梗笛"的做法：摘取豌豆的嫩梗长约寸许，以一端塞入口中轻轻咬嚼，吹时便发喈喈之音，再摘取蚕豆梗的下段，长约四五寸，用指爪在梗上均匀地开几个洞，做成豆的样子。然后把豌豆梗插入这笛的一端，用两手的指随意启闭各洞而吹奏起来，其音宛如无腔之短笛。他又教我用洋蜡烛的油做种种的浇造和塑造。用芋艿或番薯镌刻种种的印版，大类现今的木版画……诸如此类的玩意儿，亦复不胜枚举。

现在我对这些儿时的乐事久已缘远了。但在说起我额上的疤的来由时，还能热烈地回忆神情活跃的五哥哥和这种兴致勃勃的玩意儿。谁言我左额上的疤痕是缺陷？这是我的儿时欢乐的佐证，我的黄金时代的遗迹。过去的事，一切都同梦幻一般地消灭，没有痕迹留存了。只有这个疤，好像是"脊杖二十，刺配军州"时打在脸上的金印，永久地明显地记录着过去的事实，一说起就可使我历历地回忆前尘。仿佛我是在儿童世界的本贯地方犯了罪，被刺配到这成人社会的"远恶军州"来的。这无期的流刑虽然使我永无还乡之望，但凭这脸上的金印，还可回溯往昔，追寻故乡的美丽的梦啊！

我的母亲[①]

＊
＊

中国文化馆要我写一篇《我的母亲》,并寄我母亲的照片一张。照片我有一张四寸的肖像。一向挂在我的书桌的对面。已有放大的挂在堂上,这一张小的不妨送人。但是《我的母亲》一文从何处说起呢?看看我母亲的肖像,想起了母亲的坐姿。母亲生前没有摄影取坐像的照片,但这姿态清楚地摄入在我脑海中的底片上,不过没有晒出。现在就用笔墨代替显形液和定影液,把我的母亲的坐像晒出来吧:我的母亲坐在我家老屋的西北角里的八仙椅子上,眼睛里发出严肃的光辉,口角上表出慈爱的笑容。

老屋的西北角里的八仙椅子,是母亲的老位子。从我小时候直到她逝世前数月,母亲空下来总是坐在这把椅子上,这是很不舒服的一个座位:我家的老屋是一所三开间的楼厅,右边是我的堂兄家,左边一

[①] 原载于《我的母亲》(中国文化馆香港馆出版1948年9月版)。

间是我的堂叔家，中央是没有板壁隔开，只拿在左右的两排八仙椅子当作三份人家的界限。所以母亲坐的椅子，背后凌空。若是沙发椅子，三面有柔软的厚壁，凌空无妨碍。但我家的八仙椅子是木造的，坐板和靠背成九十度角，靠背只是疏疏的几根木条，其高只及人的肩膀。母亲坐着没处搁头，很不安稳。母亲又防椅子的脚摆在泥土上要霉烂，用二三寸高的木座子垫在椅子脚下，因此这只八仙椅子特别高，母亲坐上去两脚须得挂空，很不便利。所谓西北角，就是左边最里面的一只椅子，这椅子的里面就是通过退堂的门。退堂里就是灶间。母亲坐在椅子上向里面顾，可以看见灶头。风从里面吹出的时候，烟灰和油气都吹在母亲身上，很不卫生。堂前隔着三四尺阔的一条天井便是墙门。墙外面便是我们的染坊店。母亲坐在椅子里向外面望，可以看见杂沓往来的顾客，听到沸反盈天的市井声，很不清静。但我的母亲一生坐在我家老屋西北角里的这样不安稳、不便利、不卫生、不清静的一只八仙椅子上，眼睛发出严肃的光辉，口角上表出慈爱的笑容。母亲为什么老是坐在这样不舒服的椅子里呢？因为这位子在我家中最为重要。母亲坐在这位子里可以顾到灶上，又可以顾到店里。母亲为要兼顾内外，便顾不到座位的安稳不安稳，便利不便利，卫生不卫生，和清静不清静了。

我四岁时，父亲中了举人，同年祖母逝世，父亲丁艰（注：遭逢父母丧事）在家，郁郁不乐，以诗酒自娱，不管家事，丁艰终而科举废，父亲就从此隐遁。这期间家事店事，内外都归母亲一个兼理。我从书堂出来，照例走向坐在西北角里的椅子上的母亲的身边，向她讨点东西吃。母亲口角上表出亲爱的笑容，伸手除下挂在椅子头顶的"饿杀猫篮"，拿起饼饵给我吃；同时眼睛里发出严肃的光辉，给我几句勉励。

我九岁的时候，父亲遗下了母亲和我们姐弟六人，薄田数亩和染坊店一间而逝世。我家内外一切责任全部归母亲负担。此后她坐在那椅子上的时间愈加多了。工人们常来坐在里面的凳子上，同母亲谈家事；店伙们常来坐在外面的椅子上，同母亲谈店事；父亲的朋友和亲戚邻人常来坐在对面的椅子上，同母亲交涉或应酬。我从学堂里放假回家，又照例走向西北角椅子边，同母亲讨个铜板。有时这四班人同时来到，使得母亲招架不住，于是她用眼睛的严肃的光辉来命令，警戒，或交涉；同时又用了口角上的慈爱的笑容来劝勉，抚爱，或应酬。当时的我看惯了这种光景，以为母亲是天生坐在这只椅子上的，而且天生有四班人向她缠绕不清的。

我十七岁离开母亲，到远方求学。临行的时候，母亲眼睛里发出严肃的光辉，诫我待人接物求学立身的大道，口角上表出慈爱的笑容，关照我起居饮食一切的细事。她给我准备学费，她给我置备行李，她给我制一罐猪油炒米粉，放在我的网篮里；她给我做一个小线板，上面插两只引线放在我的箱子里，然后送我出门。放假归来的时候，我一进店门，就望见母亲坐在西北角里的八仙椅子上。她欢迎我归家，口角上表现了慈爱的笑容；她探问我的学业，眼睛里发出严肃的光辉。晚上她亲自上灶，烧些我所爱吃的菜蔬给我吃，灯下她详询我的学校生活，加以勉励，教训，或责备。

我廿二岁毕业后，赴远方服务，不肯依居母亲膝下，唯假期归省。每次归家，依然看见母亲坐在西北角里的椅子上，眼睛里发出严肃的光辉，口角上表现出慈爱的笑容。她像贤主一般招待我，又像良师一般教训我。

我三十岁时，弃职归家，读书著述奉母，母亲还是每天坐在西北角里的八仙椅子上，眼睛里发出严肃的光辉，口角上表出慈爱的笑容。只是她的头发已由灰白渐渐转成银白了。

我三十三岁时，母亲逝世。我家老屋西角里的八仙椅子上，从此不再有我母亲坐着了。然而每逢看见这只椅子的时候，脑际一定浮出母亲的坐像——眼睛里发了严肃的光辉，口角上表现出慈爱的笑容。她是我的母亲，同时又是我的父亲。她以一身任严父兼慈母之职而训诲我抚养我，我从呱呱坠地的时候直到三十三岁，不，直到现在。

陶渊明诗云："昔闻长者言，掩耳每不喜。"我也犯这个毛病；我曾经全部接受了母亲的慈爱，但不会全部接受她的训诲。所以现在我每次想象中瞻望母亲的坐像，对于她口角上的慈爱的笑容觉得十分感谢，对于她眼睛里的严肃的光辉，觉得十分恐惧。这光辉每次给我以深刻的警惕和有力的勉励。

一九三七年二月二十八日

白鹅

*
*

抗战胜利后八个月零十天,我卖脱了三年前在重庆沙坪坝庙湾地方自建的小屋,迁居城中去等候归舟。

除了托庇三年的情感以外,我对这小屋实在毫无留恋。因为这屋太简陋了,这环境太荒凉了;我去屋如弃敝屣,倒是屋里养的一只白鹅,使我念念不忘。

这白鹅,是一位将要远行的朋友送给我的。这朋友住在北碚,特地从北碚把这鹅带到重庆来送给我,我亲自抱了这雪白的大鸟回家,放在院子内。它伸长了头颈,左顾右盼,我一看这姿态,想道:"好一个高傲的动物!"凡动物,头是最主要部分。这部分的形状,最能表明动物的性格。例如狮子、老虎,头都是大的,表示其力强。麒麟、骆驼,头都是高的,表示其高超。狼、狐、狗等,头都是尖的,表示其刁奸猥鄙。猪猡、乌龟等,头都是缩的,表示其冥顽愚蠢。鹅的头在比例上比骆驼更高,与麒麟相似,正是高超的性格的表示,而在它的叫声、步态、吃相中,更表示出一种傲慢之气。

鹅的叫声,与鸭的叫声大体相似,都是"轧轧"然的。但音调上大不相同。鸭的"轧轧",其音调琐碎而愉快,有小心翼翼的意味;鹅的"轧轧",其音调严肃郑重,有似厉声呵斥。它的旧主人告诉我:养鹅等于养狗,它也能看守门户。后来我看到果然:凡有生客进来,鹅必然厉声叫嚣;甚至篱笆外有人走路,它也要引吭大叫,其叫声的严厉,不亚于狗的狂吠。狗的狂吠,是专对生客或宵小用的;见了主人,狗会摇头摆尾,呜呜地乞怜。鹅则对无论何人,都是厉声呵斥;要求饲食时的叫声,也好像大爷嫌饭迟而怒骂小使一样。

鹅的步态,更是傲慢了。这在大体上也与鸭相似,但鸭的步调急速,有局促不安之相。鹅的步调从容,大模大样的,颇像平剧里的净角出场。这正是它的傲慢的性格的表现,我们走近鸡或鸭,这鸡或鸭一定让步逃走,这是表示对人惧怕。所以我们要捉住鸡或鸭,颇不容易,那鹅就不然:它傲然地站着,看见人走来简直不让;有时非但不让,竟伸过颈子来咬你一口。这表示它不怕人,看不起人,但这傲慢终归是狂妄的。我们一伸手,就可一把抓住它的项颈,而任意处置它。家畜之中,最傲人的无过于鹅,同时最容易捉住的也无过于鹅。

鹅的吃饭,常常使我们发笑。我们的鹅是吃冷饭的,一日三餐。它需要三样东西下饭:一样是水,一样是泥,一样是草。先吃一口冷饭,次吃一口水,然后再到某地方去吃一口泥及草。大约这些泥和草也有各种滋味,它是依着它的胃口而选定的。这食料并不奢侈,但它的吃法,三眼一板，丝毫不苟。譬如吃了一口饭，倘水盆偶然放在远处，它一定从容不迫地踏大步走上前去，饮水一口。再踏大步走到一定的地方去吃泥，吃草。吃过泥和草再回来吃饭。这样从容不迫地吃饭，必须有一个人在旁侍候，像饭馆里的堂倌一样。因为附近的狗，都知道我们这位鹅老爷的脾气，每逢它吃饭的时候，狗就躲在篱边窥伺。等它吃过一口饭，踏着方步去吃水、吃泥、吃草的当儿，狗就敏捷地跑上来，努力地吃它的饭。没有吃完，鹅老爷偶然早归，伸颈去咬狗，并且厉声叫骂，狗立刻逃往篱边，蹲着静候，看它再吃了一口饭，再走开去吃水、吃草、吃泥的时候，狗又敏捷地跑上来，这回就把它的饭吃完，扬长而去了。等到鹅再来吃饭的时候，饭罐已经空空如也。鹅便昂首大叫，似乎责备人们供养不周。这时我们便替它添饭，并且站着侍候。因为邻近狗很多，一狗方去，一狗又来蹲着窥伺了。邻近的鸡也很多，也常蹑手蹑脚地来偷鹅的饭吃。我们不胜其烦，以后便将饭罐和水盆放在一起，免得它走远去，让鸡、狗偷饭吃。然而它所必需的盛馔泥和草，所在的地点远近无定，为了找这盛馔，它仍是要走远去的。因此鹅的吃饭，非有一人侍候不可，真是架子十足的！

　　鹅，不拘它如何高傲，我们始终要养它，直到房子卖脱为止。因为它对我们，物质上和精神上都有贡献，使主母和主人都欢喜它。物质上的贡献，是生蛋。它每天或隔天生一个蛋，篱边特设一堆稻草，鹅蹲伏在稻草中了，便是要生蛋了。家里的小孩子更兴奋，站在它旁边等候。它分娩毕，就起身，大踏步走进屋里去，大声叫开饭。这时候孩子们把蛋热热地捡起，藏在背后拿进屋子来，说是怕鹅看见了要生气。鹅蛋真是大，有鸡蛋的四倍呢！主母的蛋篓子内积得多了，就拿来制盐蛋，炖一个盐鹅蛋，一家人吃不了！工友上街买菜回来说："今天菜市上有卖鹅蛋的，要四百元一个，我们的鹅每天挣四百元，一个月挣一万二，比我们做工的还好呢，哈哈，哈哈。"我们也陪他一个"哈哈，哈哈"。望望那鹅，它正吃饱了饭，昂胸凸肚地，在院子里跨方步，看野景，似乎更加神气了。但我觉得，比吃鹅蛋更好的，还是它的精神的贡献。因为我们这屋实在太简陋，环境实在太荒凉，生活实在太岑寂了。赖有这一只白鹅，点缀庭院，增加生气，慰我寂寥。

且说我这屋子，真是简陋极了：篱笆之内，地皮二十方丈，屋所占的只六方丈。这六方丈上，建着三间"抗建式"平屋，每间前后划分为二室，共得六室，每室平均一方丈。中央一间，前室特别大些，约有一方丈半弱，算是食堂兼客堂；后室就只有半方丈强，比公共汽车还小，作为家人的卧室。西边一间，平均划分为二，算是厨房及工友室。东边一间，也平均划分为二，后室也是家人的卧室，前室便是我的书房兼卧房。三年以来，我坐卧写作，都在这一方丈内。归熙甫《项脊轩记》中说："室仅方丈，可容一人居。"又说："雨泽下注，每移案，顾视无可置者。"我只有想起这些话的时候，感觉得自己满足。我的屋虽不上漏，可是墙是竹制的，单薄得很，夏天九点钟以后，东墙上炙手可热，室内好比开放了热水汀。这时候反教人希望警报，可到六七丈深的地下室去凉快一下呢。

竹篱之内的院子，薄薄的泥层下面尽是岩石，只能种些番茄、蚕豆、芭蕉之类，却不能种树木。竹篱之外，坡岩起伏，尽是荒郊。因此这小屋赤裸裸的，孤零零的，毫无依蔽；远远望来，正像一个亭子。我长年坐守其中，就好比一个亭长。这地点离街约有里许，小径迂回，不易寻找，来客极稀，杜诗"幽栖地僻经过少"一句，这室可以受之无愧。

风雨之日,泥泞载途,狗也懒得走过,环境荒凉更甚。这些日子的岑寂的滋味,至今回想还觉得可怕。

自从这小屋落成之后,我就辞绝了教职,恢复了战前的闲居生活。我对外间绝少往来,每日只是读书作画,饮酒闲谈而已。我的时间全部是我自己的,这是我的性格的要求,这在我是认为幸福的,然而这幸福必须两个条件:在太平时,在都会里。如今在抗战期,在荒村里,这幸福就伴着一种苦闷——岑寂。为避免这苦闷,我便在读书、作画之余,在院子里种豆,种菜,养鸽,养鹅,而鹅给我的印象最深。因为它有那么庞大的身体,那么雪白的颜色,那么雄壮的叫声,那么轩昂的态度,那么高傲的脾气,和那么可笑的行为。在这荒凉岑寂的环境中,这鹅竟成了一个焦点。凄风苦雨之日,手酸意倦之时,推窗一望,死气沉沉,唯有这伟大的雪白的东西,高擎着琥珀色的喙,在雨中昂然独步,好像一个武装的守卫,使得这小屋有了保障,这院子有了主宰,这环境有了生气。

我的小屋易主的前几天,我把这鹅送给住在小龙坎的朋友人家。送出之后的几天内,颇有异样的感觉。这感觉与诀别一个人的时候所发生的感觉完全相同,不过分量较为轻微而已。原来一切众生,本是同根,凡属血气,皆有共感。所以这禽鸟比这房屋更是牵惹人情,更能使人留恋。现在我写这篇短文,就好比为一个永诀的朋友立传,写照。

这鹅的旧主人姓夏名宗禹,现在与我邻居着。

一九四六年夏于重庆

闲居①

* *

闲居,在生活上人都说是不幸的,但在情趣上我觉得是最快适的了。假如国民政府新定一条法律:"闲居必须整天禁锢在自己的房间里",我也不愿出去干事,宁可闲居而被禁锢。

在房间里可以自由取乐;如果把房间当作一幅画看的时候,其布置就如画的"置陈"了。譬如书房,主人的座位为全局的主眼,犹之一幅画中的 middle point(中心点),须居全幅中最重要的地位。其他自书架、几、椅、藤床、火炉、壁饰、自鸣钟,以至痰盂、纸篓等,各以主眼为中心而布置,使全局的焦点集中于主人的座位,犹之画中的附属物、背景,均须有护卫主物、显衬主物的作用。这样妥帖之后,人在里面,精神自然安定、集中而快适。这是谁都懂得,谁都可以自由取乐的事。虽然有的人不讲究自己的房间的布置,然走进一间布置很妥帖的房间,一定谁也觉得快适。这可见人人都会鉴赏,鉴赏就是

---

① 本文篇末原未署日期。曾载于1927年7月10日《小说日报》第18卷第7号。

被动的创作，故可说这是谁也懂得，谁也可以自由取乐的事。

我在贫乏而粗末的自己的书房里，常常欢喜作这个玩意儿。把几件粗陋的家具搬来搬去，一月中总要搬数回。搬到痰盂不能移动一寸，脸盆架子不能旋转一度的时候，便有很妥帖的位置出现了。那时候我自己坐在主眼的座上，环视上下四周，君临一切。觉得一切都朝宗于我，一切都为我尽其职司，如百官之朝天，众星之拱北辰。就是墙上一只很小的钉，望去也似乎居相当的位置，对全体为有机的一员，对我尽专任的职司。我统御这个天下，想象南面王的气概，得到几天的快适。

有一次我闲居在自己的房间里，曾经对自鸣钟寻了一回开心。自鸣钟这个东西，在都会里差不多可说是无处不有，无人不备的了。然而它这张脸皮，我看惯了真讨厌得很。罗马字的还算好看；我房间里的一只，又是粗大的数学码子的。数学的九个字，我见了最头痛，谁愿意每天做数学呢！

有一天，大概是闲月中的闲日，我就从墙壁上请它下来，拿油画颜料把它的脸皮涂成天蓝色，在上面画几根绿的杨柳枝，又用硬的黑纸剪成两只飞燕，用糨糊粘住在两只针的尖头上。这样一来，就变成了两只燕子飞逐在杨柳中间的一幅圆额的油画了。凡在三点二十几分，八点三十几分等时候，画的构图就非常妥帖，因为两只飞燕适在全幅中稍偏的位置，而且追随在一块，画面就保住均衡了。辨识时间，没有数目字也是很容易的：针向上垂直为十二时，向下垂直为六时，向左水平为九时，向右水平为三时。这就是把圆周分为四个 quarter（一刻钟），是肉眼也很容易办到的事。一个 quarter 里面平分为三格，就得长针五分钟的距离了,虽不十分容易正确,然相差至多不过一两分钟,只要不是天文台、电报局或火车站里,人家家里上下一两分钟本来是不要紧的。倘眼睛锐利一点,看惯之后,其实半分钟也是可以分明辨出的。这自鸣钟现在还挂在我的房间里,虽然惯用之后不甚新颖了,然终不觉得讨厌,因为它在壁上不是显明的实用的一只自鸣钟,而可以冒充一幅油画。

除了空间以外,闲居的时候我又喜欢把一天的生活的情调来比方音乐。如果把一天的生活当作一个乐曲,其经过就像乐章(movement)的移行了。一天的早晨,晴雨如何?冷暖如何?人事的情形如何?犹如第一乐章的开始,先已奏出全曲的根柢的"主题"(theme)。一天的生活,例如事务的纷忙,意外的发生,祸福的临门,犹如曲中的长音阶[大音阶]变为短音阶[小音阶]的,C调变为F调,adagio(柔板)变为allegro(快板);其或昼永人闲,平安无事,那就像始终C调的andante(行板)的长大的乐章了。

以气候而论,春日是孟檀尔伸[门德尔松](Mendelssohn),夏日是裴德芬[贝多芬](Beethoven),秋日是晓邦[肖邦](Chopin)、修芒[舒曼](Schumann),冬日是修斐尔德[舒伯特](Schubert)。这也是谁也可以感到,谁也可以懂得的事。试看无论什么机关里、团体里,做无论什么事务的人,在阴雨的天气,办事一定不及在晴天的起劲、高兴、积极。如果有不论天气,天天照常办事的人,这一定不是人,是一架机器。只要看挑到我们门头来卖臭豆腐干的江北人,近来秋雨连日,他的叫声自然懒洋洋地低钝起来,远不如一月以前的炎阳下的"臭豆腐干!"的热辣了。

过年

* *

我幼时不知道阳历,只知道阴历。到了十二月十五,过年的气氛开始浓重起来了。我们染坊店里三个染匠全是绍兴人,十二月十六要回乡。十五日,店里办一桌酒,替他们送行。这是提早办的年酒。商店旧例,年酒席上的一只全鸡,摆法大有讲究:鸡头向着谁,谁要被免职。所以上菜的时候,要特别当心。但是我家的店规模很小,一共只有六个人,这六个人极少有变动,所以这种顾虑极少。但母亲还是很小心,上菜时关照仆人,必须把鸡头对着空位。

十六日,司务们一上去①,染缸封了,不再收货,农民们此时也要过年,不再拿布出来染了。店里不须接生意,但是要算账。整个上午,农民们来店还账,应接不暇。下午,管账先生送进一包银圆来,交母亲收藏。这半个月正是收获时期,一家一店许多人的生活都从这里开

---

① 按作者家乡一带习惯,凡是去浙东各地,称为"上去"。

花。有的农民不来还账,须得下乡去收。所以必须另雇两个人去收账。他们早出晚归,有时拿了鸡或米回来。因为那农家付不出钱,将鸡或米来抵偿。年底往往阴雨,收账的人,拖泥带水回来,非常辛苦。所以每天的夜饭必须有酒有肉。学堂早已放年假,我空闲无事,上午总在店里帮忙,写"全收"簿子①。吃过中饭,管账先生拿全收簿子去一算,把算出来的总数同现款一对,两相符合,一天的工作便完成了。

从腊月二十日起,每天吃夜饭时光,街上叫"火烛小心"。一个人"蓬蓬"地敲着竹筒,口中高叫:"寒天腊月!火烛小心!柴间灰堆!灶前灶后!前门闩闩!后门关关!……"这声调有些凄惨。大家提高警惕。我家的贴邻是王囡囡豆腐店,豆腐店日夜烧砻糠,火烛更为可怕。然而大家都说不怕,因为明朝时光刘伯温曾在这一带地方造一条石门槛,保证这石门槛以内永无火灾。

腊月二十三晚上送灶,灶君菩萨每年上天约一星期,二十三夜上去,大年夜回来。据说菩萨是天神派下来监视人家的,每家一个。大约就像政府委任官吏一般,不过人数(神数)更多。他们高踞在人家的灶台上,嗅取饭菜的香气。每逢初一、月半,必须点起香烛来拜他。二十三这一天,家家烧赤豆糯米饭,先盛一大碗供在灶君面前,然后全家来吃。吃过之后,黄昏时分,父亲穿了大礼服来灶前膜拜,跟着,我们大家跪拜。拜过之后,将灶君的神像从灶台上请下来,放进一顶灶轿里。这灶轿是白天从市场上买来的,用红绿纸张糊成,两旁贴着一副对联,上写"上天奏善事,下界保平安"。我们拿些冬青柏子,

---

① 年底收账,账收回后,记在"全收"簿子上,表示已不欠账。

插在灶轿两旁，再拿一串纸金元宝挂在轿上，又拿一点糖饼来，粘在灶君菩萨的嘴上。这样一来，他上去见了天神粘嘴粘舌的，说话不清楚，免得把别人的恶事和盘托出。于是父亲恭恭敬敬地捧了灶轿，捧到大门外去烧化。烧化时必须抢出一只纸金元宝，拿进来藏在厨里，预祝明年有真金元宝进门。送灶君上天之后，陈妈妈就烧菜给父亲下酒，说这酒菜味道一定很好，因为没有灶君先吸取其香气。父亲也笑着称赞酒菜好吃。我现在回想，他是假痴假呆，逢场作乐。因为他中了这末代举人，科举就废，不得伸展，蜗居在这穷乡僻壤的蓬门败屋中，无以自慰，唯有利用年中行事，聊资消遣，亦"四时佳兴与人同"之意耳。

二十三送灶之后，家中就忙着打年糕。这糯米年糕又大又韧，自己不会打，必须请一个男工来帮忙。这男工大都是陆阿二，又名五阿二。因为他姓陆，而他的父亲行五。两枕"当家年糕"约有三尺长；此外许多较小的年糕，有二尺长的，有一尺长的；还有红糖年糕，白糖年糕。此外是元宝、百合、橘子等小摆设，这些都是由母亲和姐姐们去做，我也洗了手去帮忙，但是总做不好，结果是自己吃了。姐姐们又做许多小年糕，形状仿照大年糕，预备二十七夜过年时拜小年菩萨用的。

二十七夜过年，是个盛典。白天忙着烧祭品：猪头、全鸡、大鱼、大肉，都是装大盘子的。吃过夜饭之后，把两张八仙桌接起来，上面供设"六神牌"，前面围着大红桌围，摆着巨大的铝制的香炉蜡台。桌上供着许多祭品，两旁围着年糕。我们这厅屋是三家公用的，我家居中，右边是五叔家，左边是嘉林哥家，三家同时祭起年菩萨来，屋子里灯火辉煌，香烟缭绕，气象好不繁华！三家比较起来，我家的供桌最为体面。何况我们还有小年菩萨，即在大桌旁边设两张茶几，也是接长的,也供一位小菩萨像,用小香炉蜡台,设小盘祭品,竟像是小人国里的过年。记得那时我所欣赏的,是"六神牌"和祭品盘上的红纸盖。这六神牌画得非常精美,一共六版,每版上画好几个菩萨,佛、观音、玉皇大帝、孔子、文昌帝君、魁星……都包括在内。平时折好了供在堂前,不许打开来看,这时候才展览了。祭品盘上的红纸盖都是我的姑母剪的,"福禄寿喜""一品当朝""连升三级"等字,都剪出来,巧妙地嵌在里头。我那时只有七八岁,就喜爱这些东西,这说明我与美术有缘。

绝大多数人家二十七夜过年,所以这晚上商店都开门,直到后半夜送神后才关门。我们约伴出门散步,买花炮。花炮种类繁多,我们所买的,不是两响头的炮仗和噼噼啪啪的鞭炮,而是雪炮、流星、金转银盘、水老鼠、万花筒等好看的花炮。其中,万花筒最好看,然而价贵不易多得。买回去在天井里放,大可增加过年的喜气。我把一串鞭炮拆散,一个一个地放,点着了火,立刻拿一个罐头瓶来罩住,"咚"的一声,连罐头瓶也跳起来。我起初不敢拿在手里放,后来经乐生哥哥教导,竟敢拿在手里放了。两指轻轻捏住鞭炮的末端,一点上火,立刻把头旋向后面。渐渐老练了,即行若无事。

正在放花炮的时候,隔壁谭三姑娘……送万花筒来了。这谭三姑娘的丈夫谭福山,是开炮仗店的。年年过年,总是特制了万花筒来分送邻居,以供新年添兴之用。此时谭三姑娘打扮得花枝招展,声音好比莺啼燕语。厅堂里的空气忽然波动起来。如果真有年菩萨在尚飨,此时恐怕都"停杯投箸不能食"了。

夜半时分，父亲在旁边的半桌上饮酒，我们陪着他吃饭。直到后半夜，方才送神。我带着欢乐的疲倦躺在床上，钻进被窝里，蒙眬之中听见远近各处爆竹之声不绝，想见这时候石门湾的天空中，定有无数年菩萨餍足了酒肉，腾空驾雾归天去了。

"廿七、廿八活急杀，廿九、三十勿有拉①，初一、初二扮睹客，你没铜钱我有拉②。"这是石门湾人形容某些债户的歌。年中拖欠的债，年底要来讨，所以到了廿七、廿八，便活急杀。到了廿九、三十，欠债的人逃往别处去避债，故曰勿有拉。但是有些人有钱不肯还债，要留着新年里自用。一到元旦，照例不准讨债，他便好公然地扮睹客，而且慷慨得很了。我家没有这种情形，但是总有人来借掇，也很受累。况且家事也忙得很：要掸灰尘，要祭祖宗，要送年礼。倘是月小，更加忙迫了。

年底这一天，是准备通夜不眠的，店里早已经摆出风灯，插上岁烛。吃年夜饭的时候，把所有的碗筷都拿出来，预祝来年人丁兴旺。吃饭碗数，不可成单，必须成双。如果吃三碗，必须再盛一次，哪怕盛一点点也好，总之要凑成双数。吃饭时母亲分送压岁钱，我记得我得的是四角，用红纸包好，我全部用以买花炮。吃过年夜饭，还有一出滑稽戏呢。这叫作"毛糙纸揩洼"。"洼"就是屁股。一个人拿一张糙纸，把另一人的嘴揩一揩。意思是说：你这嘴巴是屁股，你过去一年中所说的不祥的话，例如"要死"之类，都等于放屁。但是人都不愿被揩，尽量逃避。然而揩的人很调皮，出其不意，突如其来，哪怕你极小心的人，

---

① 方言，意即不在这儿、不在家。
② 方言，意即我这儿有。

也总会被揩。有时其人出前门去了,大家就不提防他。岂知他绕个圈子,悄悄地从后门进来,终于被揩了去。此时笑声、喊声充满了一堂。过年的欢乐空气更加浓重了。

于是陈妈妈烧起火来放"泼留"。把糯米谷放进热镬子里,一只手用铲刀①搅拌,一只手用箬帽遮盖。那些糯谷受到热度,爆裂开来,若非用箬帽遮盖,势必纷纷落地,所以必须遮盖。放好之后,拿出来堆在桌子上,叫大家拣泼留。"泼留"两字应该怎样写,我实在想不出,这里不过照声音记录罢了。拣泼留,就是把砻糠拣出,剩下纯粹的泼留,新年里客人来拜年,请他吃糖汤,放些泼留。我们小孩子也参加拣泼留,但是一面拣,一面吃。一粒糯米放成蚕豆来大,像朵梅花,又香又热,滋味实在好极了。

黄昏,渐渐有人提了灯笼来收账了。我们就忙着"吃串"。听来好像是"吃菜"。其实是把每一百铜钱的串头绳解下来,取出其中三四文,只剩九十六七文,或甚至九十二三文,当作一百文去还账。吃下来的"串",归我们姐弟们作零用。我们用这些钱还账,但我们收来的账,也是吃过串的钱。店员经验丰富,一看就知道这是"九五串",那是"九二串"的。你以伪来,我以伪去,大家不计较了。这里还得表明:那时没有钞票,只有银洋、铜板和铜钱。银洋一元等于三百个铜板,一个铜板等于十个铜钱。我那时母亲给我的零用钱,是每天一个铜板即十文铜钱。我用五文买一包花生,两文买两块油沸豆腐干,还有三文随意花用。

---

① 即锅铲。

街上提着灯笼讨债的，络绎不绝，直到天色将晓，还有人提着灯笼急急忙忙地跑来跑去。灯笼是千万少不得的。提灯笼，表示还是大年夜，可以讨债；如果不提灯笼，那就是新年，欠债的可以打你几记耳光，要你保他三年顺境，因为大年初一讨债是禁忌的。但是这时候我家早已结账，关店，正在点起香烛接灶君菩萨。此时通行吃接灶圆子，管账先生一面吃圆子，一面向我母亲报告账务。说到盈余，笑容满面。母亲照例额外送他十只银角子，给他"新年里吃青果茶"。他告别回去，我们也收拾，睡觉。但是睡不到两个钟头，又得起来，拜年的乡下客人已经来了。

年初一上午忙着招待拜年的客人。街上挤满了穿新衣服的农民，男女老幼，熙熙攘攘，吃烧卖，上酒馆，买花纸（即年画），看戏法，到处拥挤，而最热闹的是赌摊。原来从初一到初四，这四天是不禁赌的。掷骰子，推牌九，还有打宝，一堆一堆的人，个个兴致勃勃，连警察也参加在内。下午，农民大都进去了，街上较清，但赌摊还是闹热，有的通夜不收。

初二开始，镇上的亲友来往拜年。我父亲戴着红缨帽子，穿着外套，带着跟班出门。同时也有穿礼服的到我家拜年。如果不遇，就留下一张红片子。父亲死后，母亲叫我也穿着礼服去拜年。我实在很不高兴。因为一个十一二岁的孩子穿礼服上街，大家注目，有讥笑的，也有叹羡的，叫我非常难受。现在回想，母亲也是一片苦心。她不管科举已废，还希望我将来也中个举人，重振家声，所以把我如此打扮，聊以慰情。

正月初四，是新年最大的一个节日，因为这天晚上接财神。别的行事，如送灶、过年等，排场大小不定，有简单的，有丰盛的，都按家之有无。独有接财神,家家郑重其事,而且越是贫寒之家,排场越是体面。大约他们想:敬神丰盛,可以邀得神的恩宠,今后让他们发财。

接财神的形式,大致和过年相似,两张桌子接长来,供设六神牌,外加财神像,点起大红烛。但不先行礼,先由父亲穿了大礼服,拿了一股香,到下西弄的财神堂前行礼,三跪九叩,然后拿了香回来,插在香炉中,算是接得财神回来了。于是大家行礼。这晚上金吾放夜,市中各店通夜开门,大家接财神。所以要买东西,哪怕后半夜,也可以买得。父亲这晚上兴致特别好,饮酒过半,叫把谭三姑娘送的大万花筒放起来。这万花筒果然很大,每个共有三套。一枝火树银花低了,就有另一枝继续升起来,凡三次。谭福山做得真巧。……我们放大万花筒时,为要尽量增大它的利用率,邀请所有的邻居都出来看。作者谭福山也被邀在内。次家闻得这大万花筒是他做的,都向他看。……

初五以后,过年的事基本结束,但是拜年,吃年酒,酬谢往还,也很热闹。厨房里年菜很多,客人来,搬出就是。但是到了正月半,也就差不多吃完了。所以有一句话:"拜年拜到正月半,烂溏鸡屎炒青菜。"我的父亲不爱吃肉,喜欢吃素。所以我们家里,大年夜就烧好一大缸萝卜丝油豆腐,油很重,滋味很好。每餐盛出一碗来,放在锅子里一热,便是最好的饭菜。我至今还忘不了那种好滋味。但是让家里人烧起来,总不及童年时的好吃,怪哉!

正月十五,在古代是一个元宵佳节,然而赛灯之事,久已废止,只有市上卖些兔子灯、蝴蝶灯等,聊以应名而已。二十日,各店照常开门做生意,学堂也开学,过年也就结束。

新年怀旧①

* *

我似觉有二十多年不逢着"新年"了。因为近二十多年来,我所逢着的新年,大都不像"新年"。每逢年底,我未尝不热心地盼待"新年"的来到;但到了新年,往往大失所望,觉得这不是我所盼待的"新年"。我所盼待的"新年"似乎另外存在着,将来总有一天会来到的。再过半个月,新年又将来临。料想它又是不像"新年"的,也无心盼待了。且回想过去吧。

我所认为像"新年"的新年,只有二十多年前,我幼时所逢到的几个"新年"。近二十多年来,我每逢新年,全靠对它们的回忆,在心中勉强造出些"新年"似的情趣来,聊以自慰。回忆的力一年一年地薄弱起来。现在若不记录一些,恐怕将来的新年,连这点聊以自慰的空欢也没有了。

---

① 本篇原载于《宇宙风》1936年1月1日第1卷第8期。

当阳历还被看作"洋历",阴历独裁地支配着时间的时代,新年真是一个极盛大的欢乐时节!一切空气温暖而和平,一切人公然地嬉戏。没有一个人不穿新衣服,没有一个人不是新剃头。尤其是我,正当童年时代,不知众苦,但有一切乐。我的新年的欢乐,始于新年的eve(前夕)。

大年夜的夜饭,我故意不吃饱。留些肚皮,用以享受夜间游乐中的小食,半夜里的暖锅,和后半夜的接灶圆子。吃过夜饭,店里的柜台上就点着一对红蜡烛,一只风灯。红蜡烛是岁烛,风灯是供给往来的收账人看账目用的。从黄昏起,直至黎明,街上携着灯笼收账的人络绎不绝。来我们店里收账的人,最初上门来,约在黄昏时,谈了些寒暄,把账簿展开来看一看,大约有多少,假如看见管账先生不拿出钱来,他们会很客气地说一声"等一会儿再算",就告辞。第二次来,约在半夜时。这会拿过算盘来,确实地决算一下,打了一个折扣,再在算盘上摸脱了零头,得到一个该付的实数。倘我们的管账先生因为自己的店账没有收齐,回报他们说,"再等一会儿付款",收账的人也会很客气地满口答允,提了灯笼又去了。第三次来时,约在后半夜。有的收清账款,有的反而把旧欠放弃不收,说道"带点老亲"。于是大家说着"开年会",很客气地相别。我们的收账员,也提了灯笼,向别家去演同样的把戏,直到后半夜或黎明方才收清。这在我这样的孩子们看来,真是一年一度难得的热闹。平日天一黑就关门。这一天通夜开放,灯火满街。我们但见一班灯笼进,一班灯笼出,店堂里充满着笑语和客气话。心中着实希望着账款不要立刻付清,因此延长一点夜的闹热。在前半夜,我常常跟了我们店里的收账员,向各店收账。每次不过是看一看数目,难得收到钱。但遍访各店,在我是一种趣味。他们有的在那里请年菩萨,有的在那里准备过新年。还有的已经把年夜当作新年,在那里掷骰子,欢呼声充满了店堂的里面。有的认识我是小老板,还要拿本店的本产货的食物送给我吃,表示亲善。我吃饱了东西回到家里,里面别是一番热闹:堂前点着岁烛和保险灯。灶间里拥着大批人看放谷花。放的人一手把糯米谷撒进镬子里去,一手拿着一把稻草不绝地在镬子底上撩动。那些糯米谷得了热气,起初"啪,啪"地爆响,后来米脱出了谷皮,渐渐膨胀起来,终于放得像朵朵梅花一样。这些梅花在环视者的欢呼声中出了镬子,就被拿到厅上的桌子上去挑选。保险灯光下的八仙桌,中央堆了一大堆谷花,四周围着张开笑口的男女老幼许多人。你一堆,我一堆,大家竟把砻糠剔去,拣出纯白的谷花来,放在一只竹篮里,预备新年里泡糖茶请客人吃。我也参加在这人丛中,但我的任务不是拣而是吃。那白而肥的谷花,又香又燥,比炒米更松,比蛋片更脆,又是一年中难得尝到的异味。等到拣好了谷花,端出暖锅来吃半夜饭的时候,我的肚子已经装饱,只为着吃后的"毛草纸揩嘴"的兴味,勉强凑在桌上。所谓"毛草纸揩嘴",是每年年夜例行的一种习惯。吃过年夜饭,家里的母亲乘孩子们不备,拿出预先准备着的老毛草纸向孩子们口上揩抹。其意思是把嘴当作屁眼,这一年里即使有不吉利的话出口,也等于放屁,不会影响事实。但孩子们何尝懂得这番苦心?我们只是对于这种恶戏发生兴味,便模仿母亲,到茅厕间里去拿张草纸来,公然地向同辈,甚至长辈的嘴上去乱擦。被擦者决不愤怒,只是掩口而笑,或者笑着逃走。于是我们擎起草纸,在后面追赶。不期正在追赶的时候,自己的嘴却被第三者用草纸揩过了。于是满堂哄起热闹的笑声。

夜半过后在时序上已经是新年了,但在习惯上,这五六个小时还算是旧年。我们于后半夜结伴出门,各种商店统统开着,街上行人不绝,收账的还是提着灯笼幢幢来往。但在一方面，烧头香的善男信女，已经携着香烛向寺庙巡礼了。我们跟着收账的，跟着烧香的，向全镇乱跑。直到肚子跑饿，天将向晓，然后回到家里来吃了接灶圆子，怀着了明朝的大欢乐的希望而酣然就睡。

元旦日，起身大家迟。吃过谷花糖茶，白日的乐事，是带了去年底预先积存着的零用钱，压岁钱，和客人们给的糕饼钱，约伴到街上去吃烧卖。我上街的本意不在吃烧卖，却在花纸儿和玩具上。我记得，似乎每年有几张新鲜的花纸儿给我到手，拿回家来摊在八仙桌上，引得老幼人人笑口皆开。晏晏地吃过了隔年烧好的菜和饭，下午的兴事是敲年锣鼓。镇上备有锣鼓的人家不很多，但是各坊都有一二处。我家也有一副，是我的欢喜及时行乐的祖母所置备的。平日深藏在后楼，每逢新年，拿到店堂里来供人演奏。元旦的下午，大街小巷，鼓乐之声遥遥相应。现在回想，这种鼓乐最宜用为太平盛世的点缀。丝竹管弦之音固然幽雅，但其性质宜于少数人的清赏，非大众的。最富有大众性的乐器，莫如打乐（打击乐器）。俗语云："锣鼓响，脚底痒。"因为这是最富有对大众的号召力的乐器。打乐之中，除大锣鼓外，还有小锣、班鼓、檀板、大烧钹、小铁钹等，都是不能演奏旋律的乐器。因此奏法也很简单，只是同样的节奏的反复，不过在轻重缓急之中加以变化而已。像我，十来岁的孩子，略略受人指导也能自由地参加新年的鼓乐演奏。一切音乐学习，无如这种打乐之容易速成者。这大概也是完成其大众性的一种条件吧。这种浩荡的音节，都是暗示昂奋的，华丽的，盛大的。在近处听这种音节时，听者的心会忙着和它共鸣，无暇顾到他事。好静的人所以讨厌打乐，也是为此。从远处听这种音节，似觉远方举行着热闹的盛会，不由你的心不向往。好群的人所以要脚底痒者，也正是为此。试想：我们一个数百户的小镇同时响出好几处的浩荡的鼓乐来，云中的仙人听到了，也不得不羡慕我们这班盛世黎民的欢乐呢。

新年的晚上，我们又可从花炮享受种种的眼福。最好看的是放万花筒。这往往是大人们发起而孩子们热烈赞成的。大人们一到新年，似乎袋里有的都是闲钱。逸兴到时，斥两百文购大万花筒三个，摆在河岸一齐放将起来。河水反照着，映成六株开满银花的火树，这般光景真像美丽的梦境。东岸上放万花筒，西岸上的豪侠少年岂肯袖手旁观呢？势必响应在对岸上也放起一套来。继续起来的就变花样。或者高高地放几十个流星到天空中，更引起远处的响应；或者放无数雪炮，隔河作战。闪光满目，欢呼之声盈耳，火药的香气弥漫在夜天的空气中。当这时候，全镇的男女老幼，大家一致兴奋地追求欢乐，似乎他们都是以游戏为职业的。独有爆竹业的人，工作特别多忙。一新年中，全镇上此项消费为数不小呢：送灶过年，接灶，接财神，安灶……每次斋神，每家总要放四斤炮，数百鞭炮。此外万花筒、流星、雪炮等观赏的消耗，更无限制。我的邻家是卖爆竹的。我幼时对于爆竹店，比其余一切地方都亲近。自年关附近至新年完了，差不多每天要访问爆竹店一次。这原是孩子们的通好，不过我特别热心。我曾把鞭炮拆散来，改制成无数的小万花筒，其法将底下的泥挖出，将头上的引火线拔下来插入泥孔中，倒置在水槽边上燃放起来，宛如新年夜河岸上的光景。虽然简陋，但神游其中，不妨想象得比河岸上的光景更加壮丽。这种火的游戏只限于新年内举行，平日是不被许可的。因此火药气与新年，在我的感觉上有不可分离的关联。到现在，偶尔闻到火药气时，我还能立刻联想到新年及儿时的欢乐呢。

二十多年来，我或为负笈，或为糊口，频频离开故乡。上述的种种新年的点缀，在这二十多年间无形无迹地渐渐消灭起来。等到最近数年前我重归故乡息足的时候，万事皆非昔比，新年已不像"新年"了。第一，经济衰落与农村破产凋敝了全镇的商业。使商店难于立足，不敢放账，年夜里早已没有携了灯笼幢幢往来收账的必要了。第二，阴历与阳历的并存扰乱了新年的定标，模糊了新年的存在。阳历新年多数人没有娱乐的勇气，阴历新年又失了娱乐的正当性，于是索性废止娱乐。我们可说每年得逢两度新年，但也可说一度也没有逢，似乎新年也被废止了。第三，多数的人生活局促，衣食且不给，遑论新年与娱乐？故现在的除夜，大家早早关门睡觉，凡与平日无异。现在的新年，难得再闻鼓乐之声。现在的爆竹店，只卖几个迷信的实用上所不可缺的鞭炮，早已失去了娱乐品商店的性质。况且战乱频繁，这种迷信的实用有时也被禁，爆竹商的存在亦已岌岌乎了。

我们的新年，因了阴阳历的并存而不明确；复因了民生的疾苦而无生气，实在是我们的生活趣味上的一大缺憾！我不希望开倒车回复二十多年前的儿时，但希望每年有个像"新年"的新年，以调剂一年来工作的辛苦，恢复一年来工作的疲劳。我想这像"新年"的新年一定存在着，将来总有一天会来到的。

廿四（1935）年十二月十三日作，曾载《宇宙风》

吃酒①

* *

酒，应该说饮，或喝。然而我们南方人都叫吃。古诗中有"吃茶"，那么酒也不妨称吃。说起吃酒，我忘不了下述几种情境：

二十多岁时，我在日本结识了一个留学生，崇明人黄涵秋。此人爱吃酒，富有闲情逸致。我二人常常共饮。有一天风和日暖，我们乘小火车到江之岛去游玩。这岛临海的一面，有一片平地，芳草如茵，柳荫如盖，中间设着许多矮榻，榻上铺着红毡毯，和环境作成强烈的对比。我们两人踞坐一榻，就有束红带的女子来招待。"两瓶正宗，两个壶烧。"正宗是日本的黄酒，色香味都不亚于绍兴酒。壶烧是这里的名菜，日本名叫tsuboyaki，是一种大螺蛳，名叫荣螺（sazae），约有拳头来大，壳上生许多刺，把刺修整一下，可以摆平，像三足鼎一样。把这大螺蛳烧杀，取出肉来切碎，再放进去，加入酱油等调味品，煮熟，就用

---

① 本篇曾收入《缘缘堂随笔集》（1983年）。

这壳作为器皿，请客人吃。这器皿像一把壶，所以名为壶烧。其味甚鲜，确是侑酒佳品。用的筷子更佳：这双筷用纸袋套好，纸袋上印着"消毒割箸"四个字，袋上又插着一个牙签，预备吃过之后用的。从纸袋中拔出筷来，但见一半已割裂，一半还连接，让客人自己去裂开来。这木头是消毒过的，而且没有人用过，所以用时心地非常快适。用后就丢弃，价廉并不可惜。我赞美这种筷，认为是世界上最进步的用品。西洋人用刀叉，太笨重，要洗过方能再用；中国人用竹筷，也是洗过再用，很不卫生，即使是象牙筷也不卫生。日本人的消毒割箸，就同牙签一样，只用一次，真乃一大发明。他们还有一种牙刷，非常简单，到处杂货店发卖，价钱很便宜，也是只用一次就丢弃的。于此可见日本人很有小聪明。且说我和老黄在江之岛吃壶烧酒，三杯入口，万虑皆消。海鸟长鸣，天风振袖。但觉心旷神怡，仿佛身在仙境。老黄爱调笑，看见年轻侍女，就和她搭讪，问年纪，问家乡，引起她身世之感，使她掉下泪来。于是临走多给小账，约定何日重来。我们又仿佛身在小说中了。

又有一种情境，也忘不了。吃酒的对手还是老黄，地点却在上海城隍庙里。这里有一家素菜馆，叫作春风松月楼，百年老店，名闻遐迩。我和老黄都在上海当教师，每逢闲暇，便相约去吃素酒。我们的吃法很经济：两斤酒，两碗"过浇面"，一碗冬菇，一碗十景。所谓过浇，就是浇头不浇在面上，而另盛在碗里，作为酒菜。等到酒吃好了，才要面底子来当饭吃。人们叫别了，常喊作"过桥面"。这里的冬菇非常肥鲜，十景也非常入味。浇头的分量不少，下酒之后，还有剩余，可以浇在面上。我们常常去吃，后来那堂倌熟悉了，看见我们进去，就叫"过桥客人来了，请坐请坐！"现在，老黄早已作古，这素菜馆也改头换面，不可复识了。

另有一种情境,则见于患难之中。那年日本侵略中国,石门湾沦陷,我们一家老幼九人逃到杭州,转桐庐,在城外河头上租屋而居。那屋主姓盛,兄弟四人。我们租住老三的屋子,隔壁就是老大,名叫宝函。他有一个孙子,名叫贞谦,约十七八岁,酷爱读书,常常来向我请教问题,因此宝函也和我要好,常常邀我到他家去坐。这老翁年约六十多岁,身体很健康,常常坐在一只小桌旁边的圆鼓凳上。我一到,他就请我坐在他对面的椅子上。站起身来,揭开鼓凳的盖,拿出一把大酒壶来,在桌上的杯子里满满地斟了两盅,又向鼓凳里摸出一把花生米来,就和我对酌。他的鼓凳里装着棉絮,酒壶裹在棉絮里,可以保暖,斟出来的两碗黄酒,热气腾腾。酒是自家酿的,色香味都上等。我们就用花生米下酒,一面闲谈。谈的大都是关于他的孙子贞谦的事。他只有这孙子,很疼爱他,说:"这小人一天到晚望书,身体不好……"望书即看书,是桐庐土白。我用空话安慰他,骗他酒吃。骗得太多,不好意思,我准备后来报谢他。但我们住在河头上不到一个月,杭州沦陷,我们匆匆离去,终于没有报谢他的酒惠。现在,这老翁不知是否在世,贞谦已入中年,情况不得而知。

最后一种情境,见于杭州西湖之畔。那时我僦居在里西湖招贤寺隔壁的小平屋里,对门就是孤山,所以朋友送我一副对联,叫作"居邻葛岭招贤寺,门对孤山放鹤亭"。家居多暇,则闲坐在湖边的石凳上,欣赏湖光山色。每见一中年男子,蹲在岸上,向湖边垂钓。他钓的不是鱼,而是虾。钓钩上装一粒饭米,挂在岸石边。一会儿拉起线来,就有很大的一只虾。其人把它关在一个瓶子里。于是再装上饭米,挂下去钓。钓得了三四只大虾,他就把瓶子藏入藤篮里,起身走了。我问他:"何不再钓几只?"他笑着回答说:"下酒够了。"我跟他去,见他走进岳坟旁边的一家酒店里,拣一座头坐下了。我就在他旁边的桌上坐下,叫酒保来一斤酒，一盆花生米。他也叫一斤酒，却不叫菜，取出瓶子来，用钓丝缚住了这三四只虾，拿到酒保烫酒的开水里去一浸，不久取出，虾已经变成红色了。他向酒保要一小碟酱油，就用虾下酒。我看他吃菜很省，一只虾要吃很久，由此可知此人是个酒徒。

此人常到我家门前的岸边来钓虾。我被他引起酒兴，也常跟他到岳坟去吃酒。彼此相熟了，但不问姓名。我们都独酌无伴，就相与交谈。他知道我住在这里，问我何不钓虾。我说我不爱此物。他就向我劝诱，尽力宣扬虾的滋味鲜美，营养丰富。又教我钓虾的窍门。他说："虾这东西，爱躲在湖岸石边。你倘到湖心去钓，是永远钓不着的。这东西爱吃饭粒和蚯蚓，但蚯蚓龌龊，它吃了，你就吃它，等于你吃蚯蚓。所以我总用饭粒。你看，它现在死了，还抱着饭粒呢。"他提起一只大虾来给我看，我果然看见那虾还抱着半粒饭。他继续说："这东西比鱼好得多。鱼，你钓了来，要剖，要洗，要用油盐酱醋来烧，多少麻烦。这虾就便当得多：只要到开水里一煮，就好吃了。不须花钱，而且新鲜得很。"他这钓虾论讲得头头是道，我真心赞叹。

这钓虾人常来我家门前钓虾，我也好几次跟他到岳坟吃酒，彼此熟识了，然而不曾通过姓名。有一次，夏天，我带了扇子去吃酒。他借看我的扇子，看到了我的名字，吃惊地叫道："啊！我有眼不识泰山！"于是叙述他曾经读过我的随笔和漫画，说了许多仰慕的话。我也请教他姓名，知道他姓朱，名字现已忘记，是在湖滨旅馆门口摆刻字摊的。下午收了摊，常到里西湖来钓虾吃酒。此人自得其乐，甚可赞佩。可惜不久我就离开杭州，远游他方，不再遇见这钓虾的酒徒了。

写这篇琐记时，我久病初愈，酒戒又开。回想上述情景，酒兴顿添。正是：昔年多病厌芳樽，今日芳樽唯恐浅。

湖畔夜饮[①]

前天晚上,四位来西湖游春的朋友,在我的湖畔小屋里饮酒。酒阑人散,皓月当空。湖水如镜,花影满堤。我送客出门,舍不得这湖上的春月,也向湖畔散步去了。柳荫下一条石凳,空着等我去坐,我就坐了,想起小时在学校里唱的春月歌:"春夜有明月,都作欢喜相。每当灯火中,团团清辉上。人月交相庆,花月并生光。有酒不得饮,举杯献高堂。"觉得这歌词温柔敦厚,可爱得很!又念现在的小学生,唱的歌粗浅俚鄙,没有福分唱这样的好歌,可惜得很!回味那歌的最后两句,觉得我高堂俱亡,虽有美酒,无处可献,又感伤得很!三个"得很"逼得我立起身来,缓步回家。不然,恐怕把老泪掉在湖堤上,要被月魄花灵所笑了。

回进家门,家中人说,我送客出门之后,有一上海客人来访,其人

[①] 1948年3月28日夜作于湖畔小屋。原载于《论语》1948年4月16日第15期。

名叫 CT①，住在葛岭饭店。家中人告诉他，我在湖畔看月，他就向湖畔去找我了。这是半小时以前的事，此刻时钟已指十时半。我想，CT 找我不到，一定已经回旅馆去歇息了。当夜我就不去找他，管自睡觉了。第二天早晨，我到葛岭饭店去找他，他已经出门，茶役正在打扫他的房间。我留了名片，请他正午或晚上来我家共饮。正午，他没有来。晚上，他又没有来。料想他这上海人难得到杭州来，一见西湖，就整日寻花问柳，不回旅馆，没有看见我留在旅馆里的名片。我就独酌，照例倾尽一斤。

黄昏八点钟，我正在酣酌之余，CT 来了。阔别十年，多经浩劫，他反而胖了，反而年轻了。他说我也还是老样子，不过头发白些。"十年离乱后，长大一相逢，问姓惊初见，称名忆旧容。"这诗句虽好，我们可以不唱。略略几句寒暄之后，我问他吃夜饭没有。他说，他是在湖滨吃了夜饭——也饮一斤酒——不回旅馆，一直来看我的。我留在他旅馆里的名片，他根本没有看到。我肚里的一斤酒，在这位青年时代共我在上海豪饮的老朋友面前，立刻消解得干干净净，清清醒醒。我说："我们再吃酒！"他说："好，不要什么菜蔬。"窗外有些微雨，月色朦胧。西湖不像昨夜的开颜发艳，却有另一种轻颦浅笑，温润静穆的姿态。昨夜宜于到湖边步月，今夜宜于在灯前和老友共饮。"夜雨剪春韭"，多么动人的诗句！可惜我没有家园，不曾种韭。即使我有园种韭，这晚上也不想去剪来和 CT 下酒。因为实际的韭菜，远不及诗中的韭菜好吃。照诗句实行，是多么愚笨的事呀！

---

① CT 即郑振铎。——编者注

女仆端了一壶酒和四只盆子出来，酱鸭、酱肉、皮蛋和花生米，放在收音机旁的方桌上。我和CT就对坐饮酒。收音机上面的墙上，正好贴着一首我写的，数学家苏步青的诗："草草杯盘共一欢，莫因柴米话辛酸。春风已绿门前草，且耐余寒放眼看。"有了这诗，酒味特别的好。我觉得世间最好的酒肴，莫如诗句。而数学家的诗句，滋味尤为纯正。因为我又觉得，别的事都可有专家，而诗不可有专家。因为作诗就是做人。人做得好的，诗也作得好。倘说作诗有专家，非专家不能作诗，就好比说做人有专家，非专家不能做人，岂不可笑？因此，有些"专家"的诗，我不爱读。因为他们往往爱用古典，蹈袭传统；咬文嚼字，卖弄玄虚；扭扭捏捏，装腔作势；甚至神经过敏，出神见鬼。而非专家的诗，倒是直直落落，明明白白，天真自然，纯正朴茂，可爱得很。樽前有了苏步青的诗，桌上酱鸭、酱肉、皮蛋和花生米、味同嚼蜡，唾弃不足惜了！

我和CT共饮，另外还有一种美味的酒肴！就是话旧。阔别十年，身经浩劫。他沦陷在孤岛上，我奔走于万山中。可惊可喜，可歌可泣的话，越谈越多。谈到酒酣耳热的时候，话声都变了呼号叫啸，把睡在隔壁房间里的人都惊醒。谈到二十余年前他在宝山路商务印书馆当编辑，我在江湾立达学园教课时的事，他要看看我的子女阿宝，软软和瞻瞻——《子恺漫画》里的三个主角，幼时他都见过的。瞻瞻现在叫作丰华瞻，正在北平北大研究院，我叫不到；阿宝和软软现在叫丰陈宝和丰宁馨，已经大学毕业而在中学教课了，此刻正在厢房里和她们的弟妹们练习平剧！我就喊她们来"参见"。

CT用手在桌子旁边的地上比比，说："我在江湾看见你们时，只有这么高。"她们笑了，我们也笑了。这种笑的滋味，半甜半苦，半喜半悲。所谓"人生的滋味"，在这里可以浓烈地尝到。CT叫阿宝"大小姐"，叫软软"三小姐"。我说："《花生米不满足》《瞻瞻新官人，软软新娘子，宝姐姐做媒人》《阿宝两只脚，凳子四只脚》等画，都是你从我的墙壁上揭去，制了锌板在《文学周报》上发表的，你这老前辈对她们小孩子又有什么客气？依旧叫'阿宝''软软'好了。"大家都笑。人生的滋味，在这里又浓烈地尝到了。我们就默默地干了两杯。我见CT的豪饮，不减二十余年前。

　　我回忆起了二十余年前的一件旧事，有一天，我在日升楼前，遇见CT。他拉住我的手说："子恺，我们吃西菜去。"我说"好的"。他就同我向西走，走到新世界对面的晋隆西菜馆楼上，点了两客公司菜。外加一瓶白兰地。吃完之后，招待送账单来。CT对我说："你身上有钱吗？"我说"有！"摸出一张五元钞票来，把账付了。于是一同下楼，各自回家——他回到闸北，我回到江湾。过了一天，CT到江湾来看我，摸出一张拾元钞票来，说："前天要你付账，今天我还你。"我惊奇而又发笑，说："账付过算了，何必还我？更何必加倍还我呢？"我定要把拾元钞票塞进他的西装袋里去，他定要拒绝。坐在旁边的立达同事刘薰宇，就过来抢了这张钞票去，说："不要客气，拿到新江湾小店里去吃酒吧！"大家赞成。于是号召了七八个人，夏丏尊先生、匡互生、方光焘都在内，到新江湾的小酒店里去吃酒。吃完这张拾元钞票时，大家都已烂醉了。此情此景，憭然在目。如今夏先生和匡互生均已作古，刘薰宇远在贵阳，方光焘不知又在何处。只有CT仍旧在这里和我共饮。这岂非人世难得之事！我们又浮两大白。

夜阑饮散,春雨绵绵。我留CT宿在我家,他一定要回旅馆。我给他一把伞,看他的高大的身子在湖畔柳荫下的细雨中渐渐地消失了。我想:"他明天不要拿两把伞来还我!"

三十七年(1948年)三月廿八日夜于湖畔小屋

初冬浴日漫感[1]

* *

　　离开故居一两个月,一旦归来,坐到南窗下的书桌旁时第一感到异样的,是小半书桌的太阳光。原来夏已去,秋正尽,初冬方到。窗外的太阳已随分南倾了。

　　把椅子靠在窗缘上,背着窗坐了看书,太阳光笼罩了我的上半身。它非但不像一两月前地使我讨厌,反正使我觉得暖烘烘地快适。这一切生命之母的太阳似乎正在把一种祛病延年、起死回生的乳汁,通过了它的光线而流注到我的身体中来。

　　我掩卷冥想:我吃惊于自己的感觉,为什么忽然这样变了?前日之所恶变成了今日之所欢;前日之所弃变成了今日所求;前日之仇变成了今日之恩。张眼望见了弃置在高阁上的扇子,又吃一惊。前日之所

---

[1] 本篇曾载于1935年11月《中学生》第59号。

欢变成了今日之所恶；前日之所求变成了今日之所弃；前日之恩变成了今日之仇。

忽又自笑："夏日可畏，冬日可爱"，以及"团扇弃捐"，古之名言，夫人皆知，又何足吃惊？于是我的理智屈服了。于是我的感觉仍不屈服，觉得当此炎凉递变的交代期上，自有一种异样的感觉，足以使我吃惊。这仿佛是太阳已经落山而天还没有全黑的傍晚时光：我们还可以感到昼，同时已可以感到夜。又好比一脚已跨上船而一脚尚在岸上的登舟时光：我们还可以感到陆，同时亦可以感到水。我们在夜里固皆知道有昼，在船上固皆知道有陆，但只是"知道"而已，不是"实感"。我久被初冬的日光笼罩在南窗下，身上发出汗来，渐渐润湿了衬衣。当此之时，浴日的"实感"与挥扇的"实感"在我身中混成一气，这不是可吃惊的经验吗？

于是我索性抛书，躺在墙角的藤椅里，用了这种混成的实感而环视室中，觉得有许多东西大变了相。有的东西变好了：像这个房间，在夏天常嫌其太小，洞开了一切窗门，还不够，几乎想拆去墙壁才好。但现在忽然大起来，大得很！不久将要用屏帏把它隔小来了。又如案上这把热水壶，以前曾被茶缸驱逐到碗橱的角里，现在又像纪念碑似的矗立在眼前了。棉被从前在伏日里晒的时候，大家讨嫌它既笨且厚，现在铺在床里，忽然使人悦目，样子也薄起来了。沙发椅子曾经想卖掉，现在幸而没有人买去。从前曾经想替黑猫脱下皮袍子，现在却羡慕它了。反之，有的东西变坏了：像风，从前人遇到了它都称"快哉！"欢迎它进来，现在渐渐拒绝它，不久要像防贼一样严防它入室了。又如竹榻，以前曾为众人所宝，极一时之荣，现在已无人问津，形容枯槁，毫无生气了。壁上一张汽水广告画。角上画着一大瓶汽水，和一只泛溢着白泡沫的玻璃杯，下面画着海水浴图。以前望见汽水图口角生津，看了海水浴图恨不得自己做了画中人，现在这幅画几乎使人打寒噤了。裸体的洋囝囡跌坐在窗口的小书架上，以前觉得它太写意，现在看它可怜起来。希腊古代名雕的石膏模型 Venus 立像，把裙子褪在大腿边，高高地独立在凌空的花盆架上。我在夏天看见她的脸孔是带笑的，这几天望去忽觉其容有蹙，好像在悲叹她自己失却了两只手臂，无法拉起裙子来御寒。

其实，物何尝变相？是我自己的感觉变叛了。感觉何以能变叛？是自然教它的。自然的命令何其严重：夏天不由你不爱风，冬天不由你不爱日。自然的命令又何其滑稽：在夏天定要你赞颂冬天所诅咒的，在冬天定要你诅咒夏天所赞颂的！

人生也有冬夏，童年如夏，成年如冬；或少壮如夏，老如冬。在人生的冬夏，自然也常教人的感觉变叛，其命令有这般严重，又这般滑稽。

一九三五年十月于石门湾

叁 * 天地间最健全的心眼

天地间最健全的心眼,只是孩子们的所有物,世间事物的真相,只有孩子们能最明确、最完全地见到。我比起他们来,真的心眼已经被世智尘劳所蒙蔽,所斫丧,是一个可怜的残废者了。

从孩子得到的启示[1]

* *

晚上喝了三杯老酒,不想看书,也不想睡觉,捉一个四岁的孩子华瞻来骑在膝上,同他寻开心。我随口问:"你最喜欢什么事?"

他仰起头一想,率然地回答:"逃难。"

我倒有点奇怪"逃难"两字的意义,在他不会懂得,为什么偏偏选择它?倘然懂得,更不应该喜欢了。我就设法探问他:"你晓得逃难就是什么?"

"就是爸爸、妈妈、宝姐姐、软软……娘姨,大家坐汽车,去看大轮船。"

---

[1] 本篇曾载于1927年7月10日《小说日报》第18卷第7号。

啊！原来他的"逃难"的观念是这样的！他所见的"逃难"，是"逃难"的这一面！这真是最可喜欢的事！

一个月以前，上海还属孙传芳的时代，国民革命军将到上海的消息日紧一日，素不看报的我，这时候也订一份《时事新报》，每天早晨看一遍。有一天，我正在看昨天的旧报，等候今天的新报的时候，忽然上海方面枪炮声响了，大家惊惶失色，立刻约了邻人，扶老携幼地逃到附近江湾车站对面的妇孺救济会里去躲避。其实倘然此地果真进了战线，或到了败兵，妇孺救济会也是不能救济的。不过当时张皇失措，有人提议这办法，大家就假定它为安全地带，逃了进去。那里面地方很大，有花园、假山、小川、亭台、曲栏、长廊、花树、白鸽，孩子一进去，登临盘桓，快乐得如入新天地了。忽然兵车在墙外轰过，上海方面的机关枪声、炮声，越响越近，又越密了。大家坐定之后，听听，想想，方才觉得这里也不是安全地带，当初不过是自骗罢了。有决断的人先出来雇汽车逃往租界。每走出一批人，留在里面的人增一次恐慌。我们集合邻人来商议，也决定出来雇汽车，逃到杨树浦的沪江大学。于是立刻把小孩子们从假山中、栏杆内捉出来，装进汽车里，飞奔杨树浦了。

所以决定逃到沪江大学者，因为一则有邻人与该校熟，二则该校是外国人办的学校，较为安全可靠。枪炮声渐渐远弱，到听不见了的时候，我们的汽车已到沪江大学。他们安排一个房间给我们住，又为我们代办膳食。傍晚，我坐在校旁的黄浦江边的青草堤上，怅望云水遥忆故居的时候，许多小孩子采花、卧草，争看无数的帆船、轮船的驶行，又是快乐得如入新天地了。

次日，我同一邻人步行到故居来探听情形的时候，青天白日的旗子已经招展在晨风中，人人面有喜色，似乎从此庆承平了。我们就雇汽车去迎回避难的眷属，重开我们的窗户，恢复我们的生活。从此"逃难"两字就变成家人的谈话的资料。

这是"逃难"。这是多么惊慌、紧张而忧患的一种经历！然而人物一无损丧，只是一次虚惊。过后回想，这好似回家的人突发地出门游览两天。我想假如我是预言者，晓得这是虚惊，我在逃难的时候将何等有趣！素来难得全家出游的机会，素来少有坐汽车、游览、参观的机会。那一天不论时，不论钱，浪漫地、豪爽地、痛快地举行这游历，实在是人生难得的快事！只有小孩子真果感得这快味！他们逃难回来以后，常常拿香烟篗子来叠作栏杆、小桥、汽车、轮船、帆船；常常问我关于轮船、帆船的事；墙壁上及门上又常常有有色粉笔画的轮船、帆船、亭子、石桥的壁画出现。可见这逃难在他们脑中有难忘的欢乐的印象。所以今晚我无端地问华瞻最喜欢什么事，他立刻选定这"逃难"。原来他所见的，是"逃难"的这一面。

不止这一端：我们所打算、计较、争夺的洋钱，在他们看来个个是白银的浮雕的胸章；仆仆奔走的行人，扰扰攘攘的社会，在他们看来都是无目的地在游戏、在演剧；一切建设，一切现象，在他们看来都是大自然的点缀、装饰。唉！我今晚受了这孩子的启示：他能撤去世间事物的因果关系的网，看见事物的本身的真相。我在世智尘劳的现实生活中，也应该懂得这撤网的方法，暂时看看事物本身的真相。唉，我要向他学习！

一九二六年

给我的孩子们①

* *

我的孩子们！我憧憬于你们的生活，每天不止一次！我想委屈地说出来，使你们自己晓得。可惜到你们懂得我的话的意思的时候，你们将不复是可以使我憧憬的人了。这是何等可悲哀的事啊！

瞻瞻！你尤其可佩服。你是身心全部公开的真人。你什么事体都想拼命地用全副精力去对付。小小的失意，像花生米翻落地了，自己嚼了舌头了，小猫不肯吃糕了，你都要哭得嘴唇翻白，昏去一两分钟。外婆去普陀烧香买回来给你的泥人，你何等鞠躬尽瘁地抱它，喂它；有一天你自己失手把它打破了，你的号哭的悲哀，比大人们的破产、失恋、broken heart②、丧考妣、全军覆没的悲哀者哀得都要真切。两把芭蕉扇做的脚踏车，麻雀牌堆成的火车、汽车，你何等认真地看待，

---

① 本篇曾载于1926年12月26日《文学周报》第4卷第6期。
② broken heart：悲伤过度。

挺直了嗓子叫"汪——""咕咕咕……",来代替汽笛。宝姐姐讲故事给你听,说到"月亮姐姐挂下一只篮来,宝姐姐坐在篮里吊了上去,瞻瞻在下面看"的时候,你何等激昂地同她争,说:"瞻瞻要上去,宝姐姐在下面看!"甚至哭到漫姑面前去求审判。我每次剃了头,你真心地疑我变了和尚,好几时不要我抱。最是今年夏天,你坐在我膝上发现了我腋下的长毛,当作黄鼠狼的时候,你何等伤心,你立刻从我身上爬下去,起初眼瞪瞪地对我端详,继而大失所望地号哭,看看,哭哭,如同对被判定了死罪的亲友一样。你要我抱你到车站里去,多多益善地要买香蕉,满满地擒了两手回来,回到门口时你已经熟睡在我的肩上,手里的香蕉不知落到哪里去了。这是何等可佩服的真率、自然与热情!大人间的所谓"沉默""含蓄""深刻"的美德,比起你来,全是不自然的、病的、伪的!

你们每天做火车、做汽车、办酒、请菩萨、堆六面画、唱歌,全是自动的,创造创作的生活。大人们的呼号"归自然!""生活的艺术化!""劳动的艺术化!"在你们面前真是出丑得很了!依样画几笔画,写几篇文的人称为艺术家,创作家,对你们更要愧死!

你们的创作力,比大人真是强盛得多哩。瞻瞻!你的身体不及椅子的一半,却常常要搬动它,与它一同翻倒在地;你又要把一杯茶横转来藏在抽斗里,要皮球停在壁上,要拉住火车的尾巴,要月亮出来,要天停止下雨。在这等小小的事件中,明明表示着你们的弱小的体力与智力不足以应付强盛的创作欲、表现欲的驱使,因而遭逢失败。然而你们是不受大自然的支配,不受人类社会的束缚的创造者,所以你的遭逢失败,例如火车尾巴拉不住、月亮呼不出来的时候,你们绝不承认是事实的不可能，总以为是爹爹妈妈不肯帮你们办到，同不许你们弄自鸣钟同例，所以愤愤地哭了，你们的世界何等广大！你们一定想：终天无聊地伏在案上弄笔的爸爸，终天闷闷地坐在窗下弄引线的妈妈，是何等无气性的奇怪的动物！你们所视为奇怪动物的我与你们的母亲，有时确实难为了你们，摧残了你们，回想起来，真是不安心得很！

阿宝！有一晚你拿软软的新鞋子，和自己脚上脱下来的鞋子，给凳子的脚穿了，划袜立在地上，得意地叫"阿宝两只脚，凳子四只脚"的时候，你母亲喊着"龌龊了袜子"立刻擒你到藤榻上，动手毁坏你的创作。当你蹲在榻上注视你母亲亲手毁坏的时候，你的小心里一定感到"母亲这种人，何等煞风景而野蛮"吧！

瞻瞻！有一天开明书店送了几册新出版的毛边的《音乐入门》来。我用小刀把书页一张一张地裁开来，你侧着头，站在桌边默默地看。后来我从学校回来，你已经在我的书架上拿了一本连史纸印的中国装的《楚辞》，把它裁破了十几页，得意地对我说："爸爸！瞻瞻也会裁了！"瞻瞻！这在你原是何等成功的欢喜，何等得意的作品！却被我一个惊骇的"哼"字喊得你哭了。那时候你也一定抱怨"爸爸何等不明"吧！

软软！你常常要弄我的长锋羊毫，我看见了总是无情地夺脱你。现在你一定轻视我，想道："你终于要我画你的画集的封面！①"

最不安心的，是有时我还要拉一个你们所最怕的陆露沙医生来，叫

---

① 《给我的孩子们》原为《子恺画集》的代序。《子恺画集》的封面画即软软所作。

他用他的大手来摸你们的肚子，甚至用刀来在你们臂上割几下，还要叫妈妈和漫姑擒住了你们的手脚，捏住了你们的鼻子，把很苦的水灌到你们的嘴里去。这在你们一定认为是太惨无人道的野蛮举动吧！

孩子们！你们果真抱怨我，我便欢喜，到你们的抱怨变为感激的时候，我的悲哀来了！

我在世间，永没有逢到像你们这样出肺肝相示的人。世间的人群结合，永没有像你们这样的彻底的真实而纯洁。最是我到上海去干了无聊的所谓"事"回来，或者去同不相干的人们做了叫作"上课"的一种把戏回来，你们在门口或车站旁边等我的时候，我心中何等惭愧又欢喜。惭愧我为什么去做这等无聊的事，欢喜我又得暂时放怀一切地加入你们的真生活的团体。

但是，你们的黄金时代有限，现实终于要暴露的。这是我经验过来的情形，也是大人们谁也经验过的情形。我眼看见儿时的伴侣中的英雄、好汉，一个个退缩、顺从、妥协、屈服起来，到像绵羊的地步。我自己也是如此。"后之视今，亦犹今之视昔"，你们不久也要走这条路呢！

我的孩子们！憧憬于你们的生活的我，痴心要将你们永远挽留这黄金时代在这册子里。然这真不过像"蜘蛛网落花"，略微保留一点春的痕迹而已。且到你们懂得我这片心情的时候，你们早已不是这样的人，我的画在世间已无可印证了！这是何等可悲哀的事啊！

《子恺画集》代序，一九二六年耶诞节

送考[①]

**

今年的早秋,我送一群小学毕业生到杭州来投考中学。这一群小学毕业生中,有我的女儿和我的亲戚、朋友家的儿女,送考的也还有好几个人,父母、亲戚或先生。我名为送考,其实没有什么重要责任,因此我颇有闲散心情,可以旁观他们的投考。

坐船出门的一天,乡间旱象已成。运河两岸,水车同体操队伍一般排列着,咿呀之声不绝于耳。村中农夫全体出席踏水,已种田而未全枯的当然要出席,已种田而已全枯的也要出席,根本没有种田的也要出席;有的车上,连妇人、老太婆和十二三岁的孩子也都出席。这不是平常的灌溉,这是人与自然奋斗!我在船窗中听了这种声音,看了这种情景,不胜感动。但那班投考的孩子们对此如同不闻不见,只管埋头在《升学指导》《初中入学试题汇观》等书中。我喊他们:"喂!

---

① 本篇曾载1934年10月《中学生》第48号。

抱佛脚没有用！看这许多人的工作！这是百年来未曾见过的状态，大家看！"但他们的眼向两岸看了一看，就又回到书上，依旧埋头在书中。后来却提出种种问题来考我：

"穿山甲喜欢吃什么东西？"
"耶稣生时当中国什么朝代？"
"无烟火药是用什么东西制成的？"
"挪威的海岸线长多少哩？"

我全被他们难倒了，一个问题都答不出来。我装着内行的神气对他们说："这种题目不会考的！"他们都笑起来，伸出一根手指点着我，说："你考不出！你考不出！"我恼羞并不成怒，笑着，倚在船窗上吸烟。后来听见他们里面有人在教我："穿山甲喜欢吃蚂蚁的！……"我管自看踏水，不去听他们的话；他们也管自埋头在书中不来睬我，直到舍舟登陆。

乘进火车里，他们又拿出书来看；到了旅馆里，他们又拿出书来看。一直看到考的前晚。在旅舍里我们遇到了另外几个朋友的儿女，大家同去投考。赴考这一天，我五点钟就被他们吵醒，也就起个早来送他们。许多童男童女，各人携了文具，带了一肚皮"穿山甲喜欢吃蚂蚁"之类的知识，坐黄包车去赴考。有几个十二三岁的女孩愁容满面地上车，好像被押赴刑场似的，看了真有些可怜。

到晚上，许多孩子活泼地回来了，一进房间就凑作一堆堆讲话：哪个题目难，哪个题目易；你的答案不错，我的答案错，议论纷纷，沸反盈天。讲了半天，结果有的脸上表示满足，有的脸上表示失望。然而嘴上大家准备不取。男的孩子高声地叫："我横竖不取的！"女的孩子恨恨地说："我取了要死！"

他们每人投考的不止一个学校，有的考二校，有的考三校。大概省立的学校是大家共同投考的。其次，市立的、公立的、私立的、教会的，则各人各选。然而大多数的投考者和送考者观念中，都把杭州的学校这样地排列着高下等第。明知自己的知识不足，算术做不出；明知省立学校难考取，要十个里头取一个，但宁愿多出一块钱的报名费和一张照片，去碰碰运气看。万一考得取，可以爬得高些。省立学校的"省"字仿佛对他们发散着无限的香气。大家讲起了不胜欣羡的。

从考毕到发表的几天之内，投考者之间空气非常沉闷。有几个女生简直是寝食不安，茶饭无心。他们的胡思梦想在谈话中反反复复地吐露出来，考得得意的人，有时好像很有把握，在那里探听省立学校的制服的形式了；但有时听见人说："十个人里头取一个，成绩好的不一定统统取"，就忽然心灰意懒，去讨别的学校的招生简章了。考得不得意的人嘴上虽说"取了要死"，但从他们的屈指计算发表日期的态度上，可以窥知他们并不绝望。世间不乏侥幸的例，万一取了，他们便是"死而复生"，岂不更加欢喜？然而有时他们忽然觉得这太近于梦想，问过了"发表还有几天"之后，立刻接一句"不关我的事"。

我除了早晚听他们纷纷谈论之外，白天统在外面跑，或者访友，或者觅画。省立学校录取案发表的一天，奇巧轮到我同去看榜。我觉得看榜这一刻工夫心情太紧张了，不教他们亲自去看。同时我也不愿意代他们去看，便想出一个调剂紧张的方法来：我和一班学生坐在学校附近一所茶店里了，教他们的先生一个人去看，看了回到茶店里来报告。然而这方法缓和得有限。在先生去了约一刻钟之后，大家眼巴巴地望他回来。有的人伸长了脖子向他的去处张望，有的人跨出门槛去等他。等了好久，那去处就变成了十目所视的地方，凡有来人，必牵惹许多小眼睛的注意，其中穿夏布长衫的人尤加触目惊心，几乎可使他们立起身来。久待不来，那位先生竟无辜地成了他们的冤家对头。有的女学生背地里骂他"死掉了"，有的男学生料他"被公共汽车碾死"。但他到底没有死，终于拖了一件夏布长衫，从那去处慢慢地踱回来了。"回来了，回来了"一声叫后，全体肃静，许多眼睛集中在他的嘴唇上，听候发落。这数秒间的空气的紧张，是我这支自来水笔所不能描写的啊！

"谁取的""谁不取"——从先生的嘴唇上判决下来。他的每一句话好像一个霹雳，我几乎想包耳朵。受到这种霹雳的人有的脸色惨白了，有的脸色通红了，有的茫然若失了，有的手足无措了，有的哭了，但没有笑的人。结果是不取的一半，取的一半。我抽了一口大气，开始想法子来安慰哭的人。我胡乱造出些话来把学校骂了一顿，说它办得怎样不好，所以不取并不可惜。不期说过之后，哭的人果然笑了，而满足的人似乎有些怀疑了。我在心中暗笑，孩子们的心，原来是这么脆弱的啊！教他们吃这种霹雳，真是残酷！

以后在各校录取案发表的时候，我有意回避，不愿再尝那种紧张的滋味。但听说后来的缓和得多，一则因为那些学校被他们认为不好，取不取不足计较；二则小胆儿吓过几回，有些儿麻木了。不久，所有的学生都捞得了一个学校。于是找保人，缴学费，又忙了几天。这时候在旅馆中所听到的谈话，都是"我们的学校长，我们的学校短"的一类话了。但这些"我们"之中，其亲切的程度有差别。大概考取省立学校的人所说的"我们"是亲切的，而且带些骄傲。考不取省立学校而只得进他们所认为不好的学校的人的"我们"，大概说得不亲切些。他们预备下年再去考省立学校。

旱灾比我们来时更进步了，归乡水路不通，下火车后须得步行三十里。考取了学校的人都鼓着勇气，跑回家去取行李，雇人挑了，星夜启程跑到火车站，乘车来杭入学。考取省立学校的人尤加起劲，跑路不嫌劳苦，置备入学的用品也不惜金钱。似乎能够考得进去，便有无穷的后望，可以一辈子荣华富贵，吃用不尽似的。

一九三四年九月十日于西湖招贤寺

华瞻的日记

* *

一

　　隔壁二十三号里的郑德菱，这人真好！今天妈妈抱我到门口，我看见她在水门汀上骑竹马。她对我一笑，我分明看出这一笑是叫我去一同骑竹马的意思。我立刻还她一笑，表示我极愿意，就从母亲怀里走下来，和她一同骑竹马了。两人同骑一只竹马，我想转弯了，她也同意；我想走远一点，她也欢喜；她说让马儿吃点草，我也高兴；她说把马儿系在冬青上，我也觉得有理。我们真是同志和朋友！兴味正好的时候，妈妈出来拉住我的手，叫我去吃饭。我说："不高兴。"妈妈说："郑德菱也要去吃饭了！"果然郑德菱的哥哥叫着"德菱！"也走出来拉住郑德菱的手去了。我只得跟了妈妈进去。当我们将走进各自的门口的时候，她回头向我一看，我也回头向她一看，各自进去，不见了。

　　我实在无心吃饭。我晓得她一定也无心吃饭。不然，何以分别的时候她不对我笑,而且脸上很不高兴呢?我同她在一块,真是说不出的有趣。吃饭何必急急?即使要吃,尽可在空的时候吃。其实照我想来,像我们这样的同志,天天在一块吃饭,在一块睡觉,多好呢?何必分作两家?即使要分作两家,反正爸爸同郑德菱的爸爸很要好,妈妈也同郑德菱的妈妈常常谈笑,尽可你们大人作一块,我们小孩子作一块,不更好吗?

这"家"的分配法,不知是谁定的,真是无理之极了。想来总是大人们弄出来的。大人们的无理,近来我常常感到,不止这一端:那一天爸爸同我到先施公司去,我看见地上放着许多小汽车、小脚踏车,这分明是我们小孩子用的;但是爸爸一定不肯给我拿一部回家,让它许多空摆在那里。回来的时候,我看见许多汽车停在路旁;我要坐,爸爸一定不给我坐,让它们空停在路旁。又有一次,娘姨抱我到街里去,一个掮着许多小花篮的老太婆,口中吹着笛子,手里拿着一只小花篮,向我看,把手中的花篮递给我;然而娘姨一定不要,急忙抱我走开去。这种小花篮,原是小孩子玩的,况且那老太婆明明表示愿意给我,娘姨何以一定叫我不要接呢?娘姨也无理,这大概是爸爸教她的。

我最欢喜郑德菱。她同我站在地上一样高,走路也一样快,心情志趣都完全投合。宝姊姊或郑德菱的哥哥,有些不近情的态度,我看他们不懂。大概是他们身体长大,稍近于大人,所以心情也稍像大人的无理了。宝姊姊常常要说我"痴"。我对爸爸说,要天不下雨,好让郑德菱出来,宝姊姊就用指点着我,说:"瞻瞻痴!"怎么叫"痴"?你每天不来同我玩耍,夹了书包到学校里去,难道不是"痴"吗?爸爸整天坐在桌子前,在文章格子上一格一格地填字,难道不是"痴"

吗？天下雨，不能出去玩，不是讨厌的吗？我要天不要下雨，正是近情合理的要求。我每天晚上听见你要爸爸开电灯，爸爸给你开了，满房间就明亮；现在我也要爸爸叫天不下雨，爸爸给我做了，晴天岂不也爽快呢？你何以说我"痴"？郑德菱的哥哥虽然没有说我什么，然而我总讨厌他。我们玩耍的时候，他常常板起脸，来拉郑德菱，说："赤了脚到人家家里，不怕难为情！"又说："吃人家的面包，不怕难为情！"立刻拉了她去。"难为情"是大人们惯说的话，大人们常常不怕厌气，端坐在椅子里，点头，弯腰，说什么"请，请""对不起""难为情"一类的无聊的话，他们都有点像大人了！

啊！我很少知己！我很寂寞！母亲常常说我"会哭"，我哪得不哭呢？

二

今天我看见一种奇怪的现状：

吃过糖粥，妈妈抱我走到吃饭间里的时候，我看见爸爸身上披一块大白布，垂头丧气地朝外坐在椅子上，一个穿黑长衫的麻脸的陌生人，拿一把闪亮的小刀，竟在爸爸后头颈里用劲地割。啊哟！这是何等奇怪的现状！大人们的所为，真是越看越稀奇了！爸爸何以甘心被这麻脸的陌生人割呢？痛不痛呢？

更可怪的，妈妈抱我走到吃饭间里的时候，她明明也看见这爸爸被割的骇人的现状。然而她竟毫不介意，同没有看见一样。宝姊姊夹了书包从天井里走进来,我想她见了一定要哭,谁知她只叫一声"爸爸",向那可怕的麻子一看,就全不经意地到房间里去挂书包了。前天爸爸自己把手指割开了,他不是大叫"妈妈",立刻去拿棉花和纱布来吗?今天这可怕的麻子咬紧了牙齿割爸爸的头,何以妈妈和宝姊姊都不管呢?我真不解了。可恶的,是那麻子。他耳朵上还夹着一支香烟,同爸爸夹铅笔一样。他一定是没有铅笔的人,一定是坏人。

后来爸爸挺起眼睛叫我:"华瞻,你也来剃头,好否?"

爸爸叫过之后,那麻子就抬起头来,向我一看,露出一颗闪亮的金牙齿来。我不懂爸爸的话是什么意思,我真怕极了。我忍不住抱住妈妈的项颈而哭了。这时候妈妈、爸爸和那个麻子说了许多话,我都听不清楚,又不懂,只听见"剃头""剃头",不知是什么意思。我哭了,妈妈就抱我由天井里走出门外。走到门边的时候,我偷眼向里边一望,从窗缝窥见那麻子又咬紧牙齿,在割爸爸的耳朵了。

门外有学生在抛球,有兵在体操,有火车开过。妈妈叫我不要哭,叫我看火车。我悬念着门内的怪事,没心情去看风景,只是凭在妈妈的肩上。

我恨那麻子,这一定不是好人。我想对妈妈说,拿棒去打他。然而我终于不说。因为据我的经验,大人们的意见往往与我相左。他们往往不讲道理,硬要吃最不好吃的"药",硬要我做最难当的"洗脸",或坚不许我弄最有趣的水、最好看的火。今天的怪事,他们对之都漠然,意见一定又是与我相左的。我若提议去打,一定不被赞成。横竖拗不过他们，算了吧。我只有哭！最可怪的，平常同情于我的弄水弄火的宝姊姊，今天也跳出门来笑我，跟了妈妈说我"痴子"。我只有独自哭！有谁同情于我的哭呢？

到妈妈抱了我回来的时候，我才仰起头，预备再看一看，这怪事怎么样了？那可恶的麻子还在否？谁知一跨进墙门槛，就听见"啪，啪"的声音，走进吃饭间，我看见那麻子正用拳头打爸爸的背。"啪，啪"的声音，正是打的声音。可见他一定是用力打的，爸爸一定很痛。然而爸爸何以任他打呢？妈妈何以又不管呢？我又哭。妈妈急急地抱我到房间里，对娘姨讲些话，两人都笑起来，都对我讲了许多话。然而我还听见隔壁打人的"啪，啪"的声音，无心去听她们的话。

爸爸不是说过"打人是最不好的事"吗？那一天软软不肯给我香烟牌子，我打了她一掌，爸爸曾经骂我，说我不好；还有那一天我打碎了寒暑表，妈妈打了我一下屁股，爸爸立刻抱我，对妈妈说"打不行"。何以今天那麻子在打爸爸，大家不管呢？我继续哭，我在妈妈的怀里睡去了。

我醒来，看见爸爸坐在披雅娜（即钢琴）旁边，似乎无伤，耳朵也没有割去，不过头很光白，像和尚了。我见了爸爸，立刻想起了睡前的怪事，然而他们——爸爸、妈妈等——仍是毫不介意，绝不谈起。我一回想，心中非常恐怖又疑惑。明明是爸爸被割项颈，割耳朵，又被用拳头打，大家却置之不问，任我一个人恐怖又疑惑。唉！有谁同情于我的恐怖？有谁为我解释这疑惑呢？

送阿宝出黄金时代

＊
＊

阿宝,我和你在世间相聚,至今已十四年了,在这五千多天内,我们差不多天天在一处,难得有分别的日子。我看着你呱呱坠地,嘤嘤学语,看你由吃奶改为吃饭,由匍匐学成跨步。你的变态微微地逐渐地展进,没有痕迹,使我全然不知不觉,以为你始终是我家的一个孩子,始终是我们这家庭里的一种点缀,始终可做我和你母亲的生活的慰安者。然而近年来,你态度行为的变化,渐渐证明其不然。你已在我们的不知不觉之间长成了一个少女,快将变为成人了。古人谓"父母之年不可不知也,一则以喜,一则以惧"。我现在反行了古人的话,在送你出黄金时代的时候,也觉得悲喜交集。

所喜者，近年来你的态度行为的变化，都是你将由孩子变成成人的表示。我的辛苦和你母亲的劬劳似乎有了成绩，私心庆慰。所悲者，你的黄金时代快要度尽，现实渐渐暴露，你将停止你的美丽的梦，而开始生活的奋斗了，我们仿佛丧失了一个从小依傍在身边的孩子，而另得了一个新交的知友。"乐莫乐兮新相知"；然而旧日天真烂漫的阿宝，从此永远不得再见了！

记得去春有一天，我拉了你的手在路上走。落花的风把一阵柳絮吹在你的头发上、脸孔上和嘴唇上，使你好像冒了雪，生了白胡须。我笑着搂住了你的肩，用手帕为你拂拭。你也笑着，仰起了头依在我的身旁。这在我们原是极寻常的事：以前每天你吃过饭，是我同你洗脸的。然而路上的人向我们注视，对我们窃笑，其意思仿佛在说："这样大的姑娘儿，还在路上教父亲搂住了拭脸孔！"我忽然看见你的身体似乎高大了，完全发育了，已由中性似的孩子变成十足的女性了。我忽然觉得，我与你之间似乎筑起一堵很高、很坚、很厚的无影的墙。你在我的怀抱中长起来，在我的提携中大起来；但从今以后，我和你将永远分居于两个世界了。一刹那间我心中感到深痛的悲哀。我怪怨你何不永远做一个孩子而定要长大起来，我怪怨人类中何必有男女之分。然而怪怨之后立刻破悲为笑。恍悟这不是当然的事，可喜的事吗？

记得有一天，我从上海回来。你们兄弟姊妹照例拥在我身旁，等候我从提箱中取出"好东西"来分。我欣然地取出一束巧克力来，分给你们每人一包。你的弟妹们到手了这五色金银的巧克力，照例欢喜得大闹一场，雀跃地拿去尝新了。你受持了这赠品也表示欢喜，跟着弟妹们去了。然而过了几天，我偶然在楼窗中望下来，看见花台旁边，你拿着一包新开的巧克力,正在分给弟妹三人。他们各自争多嫌少,你忙着为他们均分。在一块缺角的巧克力上添了一张五色金银的包纸派给小妹妹了,方才三面公平。他们欢喜地吃糖了,你也欢喜地看他们吃。这使我觉得惊奇。吃巧克力,向来是我家儿童们的一大乐事。因为乡村里只有箬叶包的糖塌饼,草纸包的状元糕,没有这种五色金银的糖果;只有甜煞的粽子糖,咸煞的盐青果,没有这种异香异味的糖果。所以我每次到上海,一定要买些回来分给儿童,借添家庭的乐趣。儿童们切望我回家的目的,大半就在这"好东西"上。你向来也是这"好东西"的切望者之一人。你曾经和弟妹们赌赛谁是最后吃完;你曾经把五色金银的锡纸积受起来制成华丽的手工品,使弟妹们艳羡。这回你怎么一想,肯把自己的一包藏起来,如数分给弟妹们吃呢?我看你为他们分均匀了之后表示非常的欢喜,同从前赌得了最后吃完时一样,不觉倚在楼上独笑起来。因为我忆起了你小时候的事:十来年之前,你是我家里的一个捣乱分子,每天为了要求的不满足而哭几场,挨母亲打几顿。你吃蛋只要吃蛋黄,不要吃蛋白,母亲偶然夹一筷蛋白在你的饭碗里,你便把饭粒和蛋白乱拨在桌子上,同时大喊:"要黄!要黄!"你以为凡物较好者就叫作"黄"。所以有一次你要小椅子玩耍,母亲搬一个小凳子给你,你也大喊:"要黄!要黄!"你要长竹竿玩,母亲拿一根"史的克"给你,你也大喊:"要黄!要黄!"你看不起那时候还只一二岁而不会活动的软软。吃东西时,把不好吃的东西留着给软软吃;讲故事时,把不幸的角色派给软软当。向母亲有所要求而不得允许的时候,你就高声地问:"当错软软吗?当错软软吗?"你的意思以为:软软这个人要不得,其要求可以不允许;而阿宝是一个重要不过的人,其要求岂有不允许之理?今所以不允许者,大概是当错了软软的缘故。所以每次高声地提醒你母亲,务要她证明阿宝正身,允许一切要求而后已。这个一味"要黄"而专门欺侮弱小的捣乱分子，今天在那里牺牲自己的幸福来增殖弟妹们的幸福，使我看了觉得可笑，又觉得可悲。你往日的一切雄心和梦想已经宣告失败，开始在遏制自己的要求，忍耐自己的欲望，而谋他人的幸福了；你已将走出唯我独尊的黄金时代，开始在尝人类之爱的辛味了。

记得去年有一天，我为了必要的事，将离家远行。在以前，每逢我出门了，你们一定不高兴，要阻住我，或者约我早归。在更早的以前，我出门须得瞒过你们。你弟弟后来寻我不着，须得哭几场。我回来了，倘预知时期，你们常到门口或半路上来迎候。我所描的那幅题曰《爸爸还不来》的画，便是以你和你的弟弟的等我归家为题材的。因为我在过去的十来年中，以你们为我的生活慰安者，天天晚上和你们谈故事、做游戏、吃东西，使你们都觉得家庭生活的温暖，少不来一个爸爸，所以不肯放我离家。去年这一天我要出门了，你的弟妹们照旧为我惜别，约我早归。我以为你也如此，正在约你何时回家和买些什么东西来，不意你却劝我早去，又劝我迟归，说你有种种玩意可以骗住弟妹们的阻止和盼待。原来你已在我和你母亲谈话中闻知了我此行有早去迟归的必要，决意为我分担生活的辛苦了。我此行感觉轻快，但又感觉悲哀。因为我家将少却了一个黄金时代的幸福儿。

以上原都是过去的事，但是常常切在我的心头，使我不能忘却。现在，你已做中学生，不久就要完全脱离黄金时代而走向成人的世间去了。我觉得你此行比出嫁更重大。古人送女儿出嫁诗云："幼为长所育，两别泣不休。对此结中肠，义往难复留。"你出黄金时代的"义往"，实比出嫁更"难复留"，我对此安得不"结中肠"？所以现在追述我的所感，写这篇文章来送你。你此后的去处，就是我这册画集里所描写的世间。我对于你此行很不放心。因为这好比把你从慈爱的父母身旁遣嫁到恶姑的家里去，正如前诗中说："自小闺内训，事姑贻我忧。""事姑"取甚样的态度，我难于代你决定。但希望你努力自爱，勿贻我忧而已。

约十年前，我曾作一册描写你们的黄金时代的画集（《子恺画集》）。其序文（《给我的孩子们》）中曾经有这样的话："我的孩子们！我憧憬于你们的生活，每天不止一次！我想委屈地说出来，使你们自己晓得。可惜到你们懂得我的话的时候，你们将不复是可以使我憧憬的人了。这是何等可悲哀的事啊！""但是，你们的黄金时代有限，现实终于要暴露的。这是我经验过来的情形，也是大人们也经验过来的情形。我眼看见儿时伴侣中的英雄、好汉，一个个退缩、顺从、妥协、屈服起来，到像绵羊的地步。我自己也是如此。'后之视今，亦犹今之视昔'，你们不久也要走这条路呢！"写这些话时的情景还历历在目，而现在你果然已经"懂得我的话"了！果然也要"走这条路"了！无常迅速，念此又安得不结中肠啊！

取名

*
*

孩子们的名字,叫惯了似乎是各人出世时就写好在额骨上的,其实都是他们的外公所取定。且据我回想,外公的取名都有深长的用心。想起之后不免记录一些。

阿大是半夜里出世的,很肥胖,哭声甚大,但是女。她的外婆和娘舅都预先来我家等她出世,虽然只等着一个外甥女,但头生,不论男女总是大家欢喜的。次日娘舅回城,我就托他代请外公给阿大取一个名字。过几天收到外公的回信,信内附一张红纸,红纸上面横写着"长命富贵"四个小字,下面直写着"丰陈宝"三个大字。信内说,知道她是夜里出世的,哭声甚大,故引用古典,给她取名"陈宝"。

我不知道古典,检查《辞源》,果然找到了"陈宝"一项,下面写着:"神名,秦文公获若石于陈仓北阪城。祠之。其神来。常于夜。……其声殷殷。以一牢祠之名曰陈宝。见《史记》。"

我一向不懂取名的方法,《康熙字典》里有数万个字,无头无脑,教从何处取起?我叹佩外公的博闻,这真可谓巧立名目。可惜我们的陈宝现在虽已十四岁而在小学毕业了,但只是一个寻常的少女,并不像神,将来不致变为神女。这也可谓名不副实了。

阿二出世时我在东京,没有看她堕地。家人写信告诉我说,这回又是女,她的祖母和外婆略微有些失望。外公已给她取名叫作"麟先"。这回不必翻《辞源》,我也知道外公的用心了:"麟之趾,振振公子",麟是男儿,先是先行,麟先就是男儿的先行。外公的意思,这女儿是将来的男儿的先锋。换言之,我们的阿二非为自己做人而投生,只是为男的阿三报信而来的。总言之,将来的阿三定要他是男。

但麟先也是名不副实的,她不能尽先锋之职,终于引出了一个女的阿三来。这回失望的不但祖母和外婆,外公一定更甚。但祖母用心尤深:阿三临盆的一天,她袋里预先藏着一只洋钉和两粒黄豆。听见阿三的呱呱声之后,没有稳婆的"恭喜"声,便把洋钉和两粒黄豆投在胞瓶里,这叫作"演样"。这样一来,将来的阿四身上一定带了一只洋钉和两粒黄豆的东西而出世。故失望之余,大家还是放心。不过对于这滥竽的阿三大家很冷淡,没有人提出给她取名字的话。外公也不寄红纸来。起初大家叫她"小毛头"或阿三,后来乳母在眠歌里偶然唱了一声"三宝宝",从此大家就自然地叫她三宝。三是她的排行,宝是女孩子的通称(嘉兴人称女儿为宝宝),这名字确是很自然的。但没有外公写在红纸上,终非名正言顺。这无名的三宝终在四岁上辞职而去。不称职的麟先似乎怕被革职,她入学之后自己把名字改写为"林仙"了。

阿四出世在我所旅食的他乡,祖母投在胞瓶里的一只洋钉和两粒黄豆,果然移在他身上了。祖母在故乡得信后,连忙做寿桃分送诸亲百眷。外公信里附一张红纸来,红纸上头横写着"长命富贵",下面直写着"丰华赡"。并在信里说:"赡是丰足的意思。"外公的深长用心真使我感动。那时我从东京回来,负了一身债,家累又日重一日,生活窘迫得很。故外公的意思,明白地说,是"有了儿子以后,还要有钱"。我家虽然此后增出了一个乳母的开销,但有儿子名"赡",似乎也就胆大了。

阿五又是男,块头大得很,外公给他取名奇伟。但他负了这大名,到五岁上就死去。阿六又是男的,外公给他取名元草。这里的用意我可不知,也没有问外公。将来我到地下,倘遇见我的岳父一定要补问。生到阿六,我家子女稍稍嫌多了,但钱却还是不多。这恐怕是阿四的"赡"字常常被人误写为"瞻"字的缘故。不然,阿四也是名不副实的。

最后的阿七在肚里的时候就被惹厌,问起的人都说:"又要生了?"生的时候也没有人盼望他是男,她就做了女。外公给她取名一宁。又在信上告诉我们说,一宁是"得一以宁"之意。明白地说,就是"生了这一个不可再生,免得烦恼"。一宁总算听外公的话的,今年五岁了,没有弟妹。

穷小孩的跷跷板

* *

有一个人写一封匿名信给我,信壳上左面但写"寄自上海法租界"。信上说:"近来在《自由谈》上,几乎每天能见到你的插画。(中略)前数天偶然看见几个穷小孩在玩。他们的玩法,我意颇能作你的画稿的材料。而且很合你向来的作风。现在特地贡献给你,以备采纳。此祝康健。一个敬佩你的读者上。七,十一。"后面又附注:"小孩的玩法——先把一条长凳放置地上。再拿一条长凳横跨在上面。这样二个小孩坐在上面一张长凳的两端,仿跷跷板的玩法,一高一低地玩着。"

这是一封"无目的"的无头信。推想这发信人是纯为画的感兴所迫而写这封信给我的。在扰扰攘攘的今世,这也可谓一件小小的异闻。

我闭了眼睛一看,觉得这匿名的通信者所发现的,确是我所爱取的画材。便乘兴背摹了一幅。这两个穷小孩凭了他们的小心的智巧,利用了这现成的材料,造成了这具体而微的运动具。在贫民窟的环境中,这可说是一种十分优异的游戏设备了。我想象这两个穷小孩各据板凳的一端而一高一低地交互上下的时候,脸上一定充满了欢笑。因为他们是无知的幼儿,不曾梦见世间各处运动场里专为儿童置办的种种优良的幸福的设备,对于这简陋的游戏已是十分满足了。这种游戏的简陋,和这两个小孩的穷苦,只有我们旁人感到,他们自己是不知道的。

因此我想到了世间的小孩苦。在这社会里,穷的大人固然苦,穷的小孩更苦!穷的大人苦了,自己能知道其苦,因而能设法免除其苦。穷的小孩苦了,自己还不知道,一味茫茫然地追求生的欢喜,这才是天下之至惨!

闻到隔壁人家饭香,攀住了自家的冷灶头而哭着向娘要白米饭吃。看见邻家的孩子吃火肉粽子,丢掉了自己手里的硬蚕豆而嚷着:"也要!"老子落脱了饭碗头回家,孩子抱住了他带回来的铺盖而喊:"爸爸买好东西来了!"老棉絮被头上了当铺,孩子抱住了床里新添的稻柴束当洋囡囡玩。讨饭婆背上的孩子捧着他娘的髻子当皮球玩,向着怒骂的不布施者嘤嘤地笑语。——我们看到了这种苦况而发生同情的时候,最感触目伤心的不是穷的大人的苦,而是穷的小孩的苦;大人的苦自己知道,同情者只要分担其半;小孩的苦则自己不知道,全部要归同情者担负。那攀住自己的冷灶头而向娘要白米饭吃的孩子,以为锅子里总应有饭,完全没有知道他老子种出来的米,还粮纳租早已用完,轮不着自己吃了。那丢掉了硬蚕豆而嚷着也要火肉粽子的孩子,只知道火肉粽子比硬蚕豆好吃,他有得吃,我也要吃,全不知道他娘做女工赚来的钱买米还不够。那抱住了老子的铺盖而喊"爸爸买好东西来了"的孩子,只知道爸爸回家总应该有好东西带来,全不知道社会已把他们全家的根一刀宰断,不久他将变成一张小枯叶了。那抱住了代棉被用的稻草柴当洋囡囡玩的孩子,只觉今晚眠床里变得花样特别新鲜,全不想到这变化的悲哀的原因和苦痛的结果。讨饭婆子背上的孩子也只是任天而动地玩耍嬉笑,全不知道他自己的生命托根在这社会所不容纳的乞丐身上,而正在受人摈斥。看到这种受苦而不知苦的穷的小孩,真是难以为情!这好比看见初离襁褓的孩子牵住了尸床上的母亲的寿衣而喊"要吃甜奶",我们的同情之泪,为死者所流者少,而为生者所流者多。八指头陀咏小孩诗云:"骂之唯解笑,打亦不生嗔。"目前的穷人,多数好比在无辜地受骂挨打:大人们知道被骂被打的苦痛,还能呻吟,叫喊,挣扎,抵抗;小孩们却全不知道,只解嬉笑,绝不生嗔。这不是世间最凄惨的状态吗?

比较起上述的种种现状来,我们这匿名的通信者所发现的穷小孩的游戏,还算是幸福的。他们虽然没有福气入学校,但幸而不须跟娘去捡煤屑,不须跟爷去捉狗屎,还有游戏的余暇。他们虽然不得享用运动场上为小孩们特制的跷跷板,但幸而还有这两只板凳,无条件地供他们当作运动具的材料。

只恐怕日子过下去,不久他的爷娘要拿两条板凳去换米吃,要带这两个孩子去捡煤屑,捉狗屎了。到那时,我这位匿名的通信者所发现,和我的所画,便成了这两个穷小孩的黄金时代的梦影。

肆 * 你若爱,生活哪里都是爱

这个世界不是有钱人的世界,也不是无钱人的世界,它是有心人的世界。

家

* *

从南京的朋友家里回到南京的旅馆里,又从南京的旅馆里回到杭州的别寓里,又从杭州的别寓里回到石门湾的缘缘堂本宅里,每次起一种感想,逐记如下。

当在南京的朋友家里的时候,我很高兴。因为主人是我的老朋友。我们在少年时代曾经共数晨夕,后来为生活而劳燕分飞;虽然大家形骸老了些,心情冷了些,态度板了些,说话空了些,然而心底里的一点灵火大家还保存着,常在谈话之中互相露示,这使得我们的会晤异常亲热。加之主人的物质生活程度的高低同我的相仿,家庭设备也同我的相类似。我平日所需要的:一毛大洋①一两的茶叶,听头的大美丽香烟,有人供给开水的热水壶,随手可取的牙签,适体的藤椅,光度恰好的小窗,他家里都有,使我坐在他的书房里感觉同坐在自己的书

---

① 当时角币有大洋小洋之分;一毛大洋合30个铜板,一毛小洋合25个铜板。

房里相似。加之他的夫人善于招待，对于客人表示真诚的殷勤，而绝无优待的虐待。优待的虐待，是我在做客中常常受到而顶顶可怕的。例如拿了不到半寸长的火柴来为我点香烟，弄得大家仓皇失措，我的胡须几被烧去；把我所不欢喜吃的菜蔬堆在我的饭碗上，使我无法下箸；强夺我的饭碗去添饭，使我吃得停食；藏过我的行囊，使我不得告辞。这种招待，即使出于诚意，在我认为也是逐客令，统称之为优待的虐待。这回我所住的人家的夫人，全无此种恶习；但把不缺乏的香烟自来火放在你能自由取得的地方而并不用自来火烧你的胡须；但把精致的菜蔬摆在你能自由挟取的地方，饭桶摆在你能自由添取的地方，而并不勉强你吃；但在你告辞的时光表示诚意的挽留，而并不监禁。这在我认为是最诚意的优待。这使得我非常高兴。英语称勿客气曰：at home[①]。我在这主人家里做客，真同 at home 一样，所以非常高兴。

然而这究竟不是我的 home，饭后谈了一会，我惦记起我的旅馆来。我在旅馆，可以自由行住坐卧，可以自由差使我的茶房，可以凭法币之力而自由满足我的要求。比较起受主人家款待的做客生活来，究竟更为自由。我在旅馆要住四五天，比较起一饭就告别的做客生活来，究竟更为永久。因此，主人的书房的屋里虽然布置妥帖，主人的招待虽然殷勤周至，但在我总觉得不安心。所谓"凉亭虽好，不是久居之所"。饭后谈了一会，我就告别回家。这所谓"家"，就是我的旅馆。

当我从朋友家回到了旅馆里的时候，觉得很适意。因为这旅馆在各点上都是称我心的。第一，它的价钱还便宜，没有大规模的笨相，像

---

① at home，英文，原义是"在自己家里"，转义是"像在家里一样""无所拘束""舒适自在"。

形式丑恶而不适坐卧的红木椅，花样难看而火气十足的铜床，工本浩大而不合实用、不堪入目的工艺品，我统称之为大规模的笨相。造出这种笨相来的人，头脑和眼光很短小，而法币很多。像暴发的富翁，无知的巨商，升官发财的军阀，即是其例。要看这种笨相，可以访问他们的家。我的旅馆价格既便宜，其设备当然不丰。即使也有笨相——像家具形式的丑恶，房间布置的不妥，壁上装饰的唐突，茶壶茶杯的不可爱——都是小规模的笨相，比较起大规模的笨相来，犹似五十步比百步，终究差好些，至少不使人感觉暴殄天物，冤哉枉也。第二，我的茶房很老实，我到旅馆时不给我脱外衣，我洗面时不给我绞手巾，我吸香烟时不给我擦自来火，我叫他做事时不喊"是——是——"，这使我觉得很自由，起居生活同在家里相差不多。因为我家里也有这么老实的一位男工，我就不妨把茶房当作自己的工人。第三，住在旅馆里没有人招待，一切行动都随我意。出门不必对人鞠躬说"再会"，归来也没有人同我寒暄。早晨起来不必向人道"早安"，晚上就寝的迟早也不受别人的牵累。在朋友家做客，虽然也很安乐，总不及住旅馆的自由：看见他家里的人，总得想出几句话来说说，不好不去睬他。脸孔上即使不必硬作笑容，也总要装得和悦一点，不好对他们板脸孔。板脸孔，好像是一种凶相，但我觉得是最自在最舒服的一种表情。我自己觉得，平日独自闭居在家里的房间里读书、写作的时候，脸孔的表情总是严肃的，极难得有独笑或独乐的时光。若拿这种独居时的表情移用在交际应酬的座上，别人一定当我有所不快，在板脸孔。据我推想，这一定不止我一人如此。最漂亮的交际家，巧言令色之徒，回到自己家里，或房间里，甚或眠床上，也许要用双手揉一揉脸孔，恢复颜面上的表情筋肉的疲劳，然后板着脸孔皱着眉头回想日间的事，考虑明日的战略。可知，无论何人，交际应酬中的脸孔多少总有些不自然，其表情筋肉多少总有些儿吃力。最自然，最舒服的，只有板着脸孔独居的时候。所以，我在孤癖发作的时候，觉得住旅馆比在朋友家做客更自在而舒服。

然而，旅馆究竟不是我的家，住了几天，我惦记起我杭州的别寓来。

在那里有我自己的什用器物，有我自己的书籍文具，还有我自己雇请着的工人。比较起借用旅馆的器物，对付旅馆的茶房来，究竟更为自由；比较起小住四五天就离去的旅馆生活来，究竟更为永久。因此，我睡在旅馆的眠床上似觉有些浮动；坐在旅馆的椅子上似觉有些不稳；用旅馆的毛巾似觉有些隔膜。虽然这房间的主权完全属于我，我的心底里总有些儿不安。住了四五天，我就算账回家。这所谓家，就是我的别寓。

当我从南京的旅馆回到了杭州的别寓里的时候，觉得很自在。我年来在故乡的家里蛰居太久，环境看得厌了，趣味枯乏，心情郁结。就到离家乡还近而花样较多的杭州来暂作一下寓公，借此改换环境，调节趣味。趣味，在我是生活上一种重要的养料，其重要几近于面包。别人都在为了获得面包而牺牲趣味，或者为了堆积法币而抑制趣味。我现在幸而没有走上这两种行径，还可省下半只面包来换得一点趣味。

因此，这寓所犹似我的第二的家。在这里没有做客时的拘束，也没有住旅馆时的不安心。我可以吩咐我的工人做点我所喜欢的家常素菜，夜饭时同放学归来的一子一女共吃。我可以叫我的工人相帮我，把房间的布置改过一下，新一新气象。饭后睡前，我可以开一开蓄音机（唱机），听听新买来的几张蓄音片（唱片）。窗前灯下，我可以在自己的书桌上读我所爱读的书，写我所愿写的稿。月底虽然也要付房钱，但价目远不似旅馆这么贵，买卖也远不及旅馆这么明显。虽然也可以合算每天房钱几角几分。但因每月一付，相隔时间太长，住房子同付房钱就好像不相联关的两件事，或者房钱仿佛白付，而房子仿佛白住。因有此种种情形，我从旅馆回到寓中觉得非常自然。

然而，寓所究竟不是我的本宅。每逢起了倦游的心情的时候，我便惦记起故乡的缘缘堂来。在那里有我故乡的环境，有我关切的亲友，有我自己的房子，有我自己的书斋，有我手种的芭蕉、樱桃和葡萄。比较起租别人的房子，使用简单的器具来，究竟更为自由；比较起暂作借住，随时可以解租的寓公生活来，究竟更为永久。我在寓中每逢要在房屋上略加装修，就觉得要考虑；每逢要在庭中种些植物，也觉得不安心，因而思念起故乡的家来。牺牲这些装修和植物，倒还在其次；能否长久享用这些设备，却是我所顾虑的。我睡在寓中的床上虽然没有感觉像旅馆里那样浮动，坐在寓中的椅上虽然没有感觉像旅馆里那样不稳，但觉得这些家具在寓中只是摆在地板上的，没有像家里的东西那样固定得同生根一般。这种倦游的心情强盛起来，我就离寓返家。这所谓家，才是我的本宅。

当我从别寓回到了本宅的时候，觉得很安心。主人回来了，芭蕉鞠躬，樱桃点头，葡萄棚上特地飘下几张叶子来表示欢迎。两个小儿女跑来牵我的衣，老仆忙着打扫房间。老妻忙着烧素菜，故乡的臭豆腐干，故乡的冬菜，故乡的红米饭。窗外有故乡的天空，门外有打着石门湾土白的行人，这些行人差不多个个是认识的。还有各种负贩的叫卖声,这些叫卖声在我统统是稔熟的。我仿佛从飘摇的舟中登上了陆,如今脚踏实地了。这里是我的最自由,最永久的本宅,我的归宿之处,我的家。我从寓中回到家中,觉得非常安心。

但到了夜深人静,我躺在床上回味上述的种种感想的时候,又不安心起来。我觉得这里仍不是我的真的本宅,仍不是我的真的归宿之处,仍不是我的真的家。四大的暂时结合而形成我这身体,无始以来种种因缘相凑合而使我诞生在这地方。偶然的呢?还是非偶然的?若是偶然的,我又何恋恋于这虚幻的身和地?若是非偶然的,谁是造物主呢?我须得寻着了他,向他那里去找求我的真的本宅,真的归宿之处,真的家。这样一想,我现在是负着四大暂时结合的躯壳,而在无始以来种种因缘凑合而成的地方暂住,我是无"家"可归的。既然无"家"可归,就不妨到处为"家"。上述的屡次的不安心,都是我的妄念所生。想到那里,我很安心地睡着了。

廿五(1936)年十月廿八日

杨柳

* *

因为我的画中多杨柳,就有人说我喜欢杨柳;因为有人说我喜欢杨柳,我似觉自己真与杨柳有缘。但我也曾问心,为什么喜欢杨柳?到底与杨柳树有什么深缘?其答案了不可得。原来这完全是偶然的:昔年我住在白马湖上,看见人们在湖边种柳,我向他们讨了一小株,种在寓屋的墙角里。因此给这屋取名为"小杨柳屋",因此常取见惯的杨柳为画材,因此就有人说我喜欢杨柳,因此我自己似觉与杨柳有缘。假如当时人们在湖边种荆棘,也许我会给屋取名为"小荆棘屋",而专画荆棘,成为与荆棘有缘,亦未可知。天下事往往如此。

但假如我存心要和杨柳结缘,就不说上面的话,而可以附会种种的理由上去。或者说我爱它的鹅黄嫩绿,或者说我爱它的如醉如舞,或者说我爱它像小蛮的腰,或者说我爱它是陶渊明的宅边所种,或者还可引援"客舍青青"的诗,"树犹如此"的话,以及"王恭之貌""张绪之神"等种种古典来,作为自己爱柳的理由。即使要找三百个冠冕堂皇、高雅深刻的理由，也是很容易的。天下事又往往如此。

也许我曾经对人说过"我爱杨柳"的话，但这话也是随缘的。仿佛我偶然买一双黑袜穿在脚上，逢人问我"为什么穿黑袜"时，就对他说"我喜欢穿黑袜"一样。实际，我向来对于花木无所爱好；即有之，亦无所执着。这是因为我生长穷乡，只见桑麻、禾黍、烟片、棉花、小麦、大豆，不曾亲近过万花如绣的园林。只在几本旧书里看见过"紫薇""红杏""芍药""牡丹"等美丽的名称，但难得亲近这等名称的所有者。并非完全没有见过，只因见时它们往往使我失望，不相信这便是曾对紫薇郎的紫薇花，曾使尚书出名的红杏，曾傍美人醉卧的芍药，或者象征富贵的牡丹。我觉得它们也只是植物中的几种，不过少见而名贵些，实在也没有什么特别可爱的地方，似乎不配在诗词中那样地受人称赞，更不配在花木中占据那样高尚的地位。因此我似觉诗词中所赞叹的名花是另外一种，不是我现在所看见的这种植物。我也曾偶游富丽的花园，但终于不曾见过十足地配称"万花如绣"的景象。

假如我现在要赞美一种植物，我仍是要赞美杨柳。但这与前缘无关，只是我这几天的所感，一时兴到，随便谈谈，也不会像信仰宗教或崇拜主义地毕生皈依它。为的是昨日天气佳，埋头写作到傍晚，不免走到西湖边的长椅子里去坐了一会。看见湖岸的杨柳树上，好像挂着几万串嫩绿的珠子，在温暖的春风中飘来飘去，飘出许多弯度微微的S线来，觉得这一种植物实在美丽可爱，非赞它一下不可。

听人说，这种植物是最贱的。剪一根枝条来插在地上，它也会活起来，后来变成一株大杨柳树。它不需要高贵的肥料或工深的壅培，只要有阳光、泥土和水,便会生活,而且生得非常强健而美丽。牡丹花要吃猪肚肠,葡萄藤要吃肉汤,许多花木要吃豆饼,杨柳树不要吃人家的东西,因此人们说它是"贱"的。大概"贵"是要吃的意思。越要吃得多,越要吃得好,就是越"贵"。吃得很多很好而没有用处,只供观赏的,似乎更贵。例如牡丹比葡萄贵,是为了牡丹吃了猪肚肠一无用处,而葡萄吃了肉汤有结果的缘故。杨柳不要吃人的东西,且有木材供人用,因此被人看作"贱"的。

我赞杨柳美丽,但其美与牡丹不同,与别的一切花木都不同。杨柳的主要的美点,是其下垂。花木大都是向上发展的,红杏能长到"出墙",古木能长到"参天"。向上原是好的,但我往往看见枝叶花果蒸蒸日上,似乎忘记了下面的根,觉得可恶!你们是靠他养活的,怎么只管高踞在上面,绝不理睬他呢?你们的生命建设在他上面,怎么只管贪图自己的光荣,而绝不回顾处在泥土中的根本?花木大都如此。甚至下面的根已经被斫,而上面的花叶还是欣欣向荣,在那里作最后一刻的威福,真是可恶而又可怜!杨柳没有这般可恶可怜的样子:它不是不会向上生长。它长得很快,而且很高;但是越长得高,越垂得低。千万条陌头细柳,条条不忘记根本,常常俯首顾着下面,时时借了春风之力而向处在泥土中的根本拜舞,或者和它亲吻。好像一群活泼的孩子环绕着他们的慈母而游戏,而时时依傍到慈母的身旁去,或者扑进慈母的怀里去,使人见了觉得非常可爱。杨柳树也有高出墙头的,但我不嫌它高,为了它高而能下,为了它高而不忘本。

自古以来,诗文常以杨柳为春的一种主要题材。写春景曰"万树垂杨",写春色曰"陌头杨柳",或竟称春天为"柳条春"。我以为这并非仅为杨柳当春抽条的缘故,实因其树有一种特殊的姿态,与和平美丽的春光十分调和的缘故。这种特殊的姿态,便是"下垂"。不然,当春发芽的树木不知凡几,何以专让柳条作春的主人呢?只为别的树木都凭仗了春的势力而拼命向上,一味求高,忘记了自己的根本,其贪婪之相不合于春的精神。最能象征春的神意的,只有垂杨。

这是我昨天看了西湖边上的杨柳而一时兴起的感想。但我所赞美的不仅是西湖上的杨柳。在这几天的春光之下,乡村到处的杨柳都有这般可赞美的姿态。西湖似乎太高贵了,反而不适于栽植这种"贱"的垂杨呢。

廿四(1935)年三月四日于杭州

随感十三则

* *

一

　　花台里生出三枝扁豆秧来。我把它们移种到一块空地,并且用竹竿搭一个棚。以扶植它们。每天清晨为它们整理枝叶,看它们欣欣向荣,自然发生一种兴味。

　　那蔓好像一个触手,具有可惊的攀缘力。但究竟因为不生眼睛,只管盲目地向上发展,有时会钻进竹竿的裂缝里,回不出来,看了令人发笑。有时一根长条独自脱离了栅,颤裊地向空中伸展,好像一个摸不着壁的盲子。看了又很可怜。这等时候便需我去扶助。扶助了一个月之后。满棚枝叶婆娑,棚下已堪纳凉闲话了。

　　有一天清晨,我发现豆棚上忽然有了大批的枯叶和许多软垂的蔓,惊奇得很。仔细检查,原来近地面处一支总干,被不知什么东西伤害了。

未曾全断,但不绝如缕。根上的养分通不上去,凡属这总干的枝叶就全部枯萎,眼见得这一族快灭亡了。

这状态非常凄惨,使我联想起世间种种的不幸。

二

有一种椅子,使我不易忘记:那坐的地方,雕着一只屁股的模子,中间还有一条凸起,坐时可把屁股精密地装进模子中,好像浇塑石膏模型一般。

大抵中国式的器物,以形式为主,而用身体去迁就形式。故椅子的靠背与坐板成九十度角,衣服的袖子长过手指。西洋式的器物,则以身体的实用为主,形式即由实用产生。故缝西装须量身体,剪刀柄上的两个洞,也完全依照手指的横断面的形状而制造。那种有屁股模子的椅子,显然是西洋风的产物。

但这已走到西洋风的极端。而且过分了。凡物过分必有流弊。像这种椅子,究竟不合实用,又不雅观。我每次看见,常误认它为一种刑具。

三

散步中,在静僻的路旁的杂草间拾得一把很大的钥匙,制造非常精致而坚牢,似是巩固的大洋箱上的原配。不知从何人的手中因何缘而落在这杂草中的?我未被"路不拾遗"化,又不耐坐在路旁等候失主的来寻，但也不愿把这东西藏进自己的袋里去，就擎在手中走路，好像采得了一朵野花。

我因此想起《水浒》中五台山上挑酒担者所唱的歌："九里山前作战场，牧童拾得旧刀枪……"这两句怪有意味。假如我做了那个牧童，拾得旧刀枪时定有无限的感慨：不知那刀枪的柄曾经受过谁人的驱使？那刀枪的尖曾经吃过谁人的血肉？又不知在它们的活动之下，曾经害死了多少人之性命？

也许我现在就同"牧童拾得旧刀枪"一样。在这把大钥匙塞在大洋箱的键孔中时的活动之下，也曾经害死过不少人的性命，亦未可知。

四

打开十年前堆塞着的一箱旧物来，一一检视。每一件东西都告诉我一段旧事。我仿佛看了一幕自己为主角的影戏。

结果从这里面取出一把油画用的调色板刀，把其余的照旧封闭了，塞在床底下。但我取出这调色板刀，并非想描画，是利用它来切芋艿，削萝卜吃。这原是十余年前我在东京的旧货摊上买来的。它也许曾经跟随名贵的画家，指挥高价的油画颜料，制作出画展一等奖的作品来博得沸腾的荣誉。现在叫它切芋艿，削萝卜，真是委屈了它。但芋艿、萝卜中所含的人生的滋味，也许比油画中更为丰富，让它尝尝吧。

五

十余年前有一个时期流行用紫色的水写字。买三五个铜板洋青莲，可泡一大瓶紫水，随时注入墨匣，有好久可用。我也用过一回，觉得这固然比磨墨简便。但我用了不久就不用了，我嫌它颜色不好，看久了令人厌倦。

后来大家渐渐不用，不久此风便息。用不厌的，毕竟只有黑和蓝两色：东洋人写字用黑。黑由红黄蓝三原色等量混合而成，三原色具足时，使人起安定圆满之感。因为世间一切色彩皆由三原色产生，故黑色中包含着世间一切色彩了。西洋人写字用蓝，蓝色在三原色中为寒色，少刺激而沉静，最可亲近。故用以写字，使人看了也不会厌倦。

紫色为红蓝两色合成。三原色既不具足，而性又刺激，宜其不堪常用。但这正是提倡白话文的初期，紫色是一种蓬勃的象征，并非偶然的。

六

孩子们对于生活的兴味都浓，而这个孩子特甚。

当他热衷于一种游戏的时候，吃饭要叫到五六遍才来，吃了两三口就走，游戏中不得已出去小便，常常先放了半场，勒住裤腰，走回来参加一歇游戏，再去放出后半场。看书发现一个疑问，立刻捧了书来找我，茅坑间里也会找寻过来。得了解答，拔脚便走，常常把一只拖鞋遗剩在我面前的地上而去，直到划袜走了七八步方才觉察，独脚跳回来取鞋。他有几个星期热衷于搭火车，几个星期热衷于着象棋，又有几个星期热衷于查《王云五大词典》，现在正热衷于捉蟋蟀。但凡事兴味一过，便置之不问。无可热衷的时候，整日没精打采，度日如年，口里叫着："饿来！饿来！"其实他并不想吃东西。

七

有一回我画一个人牵两只羊，画了两根绳子。有一位先生教我："绳子只要画一根。牵了一只羊，后面的都会跟来。"我恍悟自己阅历太少。后来留心观察，看见果然：前头牵了一只羊走，后面数十只羊都会跟去。即使走向屠场，没有一只羊肯离群众而另觅生路的。

后来看见鸭也如此。赶鸭的人把数百只鸭放在河里，不须用绳子系住，群鸭自能互相追随，聚在一块。上岸的时候，赶鸭的人只要赶上一二只，其余的都会跟了上岸。即使在四通八达的港口，也没有一只鸭肯离群众而走自己的路的。

牧羊的和赶鸭的就利用它们这模仿性，以完成他们自己的事业。

八

每逢赎得一剂中国药来，小孩们必然聚拢来看拆药。每逢打开一小包，他们必然惊奇叫喊。有时一齐叫道："啊！一包瓜子！"有时大家笑起来："哈哈！四只骰子！"有时惊奇得很："咦！这是洋囡囡的头发呢！"又有时吓了一跳："哎哟！许多老蝉！"……病人听了这种叫声，可以转颦为笑。自笑为什么生了病要吃瓜子、骰子、洋囡囡的头发或老蝉呢？看药方也是病中的一种消遣。药方前面的脉理大都乏味，后面的药名却怪有趣。这回我所服的，有一种叫作"知母"，有一种叫作"女贞"，名称都很别致。还有"银花""野蔷薇"，好像新出版的书的名目。

吃外国药没有这种趣味。中国数千年来为世界神秘风雅之国，这特色在一剂药里也很显明地表示着，来华考察的外国人，应该多吃几剂中国药回去。

九

《项脊轩记》里归熙甫描写自己闭户读书之久，说"能以足音辨人"。我近来卧病之久，也能以足音辨人。房门外就是扶梯，人在扶梯上走上走下，我不但能辨别各人的足音，又能在一人的足音中辨别其所为何来。"这回是徐妈送药来了？"果然。"这回是五官送报纸来了？"果然。

记得从前寓居在嘉兴时，大门终日关闭。房屋进深，敲门不易听见，故在门上装一铃索。来客拉索，里面的铃响了，人便出来开门。但来客极稀，总是这几个人。我听惯了，也能以铃声辨人，有时一个顽童或闲人经过门口，由于手痒或奇妙的心理，无端把铃索拉几下就逃，开门的人白跑了好几回，但以后不再上当了。因为我能辨别他们的铃声中含有仓皇的音调，便置之不理了。

十

　　盛夏的某晚,天气大热,而且奇闷。院子里纳凉的人,每人隔开数丈,默默地坐着摇扇。除了扇子的微音和偶发的呻吟声以外,没有别的声响。大家被炎威压迫得动弹不得,而且不知所云了。

　　这沉闷的静默继续了约半小时之久。墙外的弄里一个嘹亮清脆而有力的叫声,忽然来打破这静默:"今夜好热!啊咦——好热!"

　　院子里的人不期地跟着他叫:"好热!"接着便有人起来行动,或者起立,或者欠伸,似乎大家出了一口气。炎威也似乎被这喊声喝退了些。

十一

　　尊客降临,我陪他们吃饭往往失礼。有的尊客吃起饭来慢得很:一粒一粒地数进口去。我则吃两碗饭只消五六分钟,不能奉陪。

　　我吃饭快速的习惯是小时在寄宿学校里养成的。那校中功课很忙,饭后的时间要练习弹琴。我每餐连盥洗只限十分钟了事,养成了习惯。现在我早已出学校,可以无须如此了,但这习惯仍是不改。我常自比于牛的反刍:牛在山野中自由觅食,防猛兽迫害,先把草囫囵吞入胃中,回洞后再吐出来细细嚼食,养成了习惯。现在牛已被人关在家里喂养,可以无须如此了,但这习惯仍是不改。

据我推想，牛也许是恋慕着野生时代在山中的自由，所以不肯改去它的习惯的。

十二

新点着一支香烟，吸了三四口，拿到痰盂上去敲烟灰。敲得重了些，雪白而长长的一支大美丽香烟翻落在痰盂中，"吱"的一声叫，溺死在污水里了。

我向痰盂怅望，嗟叹了两声，似有"一失足成千古恨"之感。我觉得这比丢弃两个铜板肉痛得多。因为香烟经过人工的制造，且直接有惠于我的生活。故我对于这东西本身自有感情，与价钱无关。两角钱可买二十包火柴。照理，丢掉两角钱同焚去二十包火柴一样。但丢掉两角钱不足深惜，而焚去二十包火柴人都不忍心做。做了即使别人不说暴殄天物，自己也对不起火柴。

十三

一位开羊行的朋友为我谈羊的话。据说他们行里有一只不杀的老羊，因为它颇有功劳：他们在乡下收罗了一群羊，要装进船里，运往上海去屠杀的时候，群羊往往不肯走上船去。他们便牵这老羊出来。老羊向群羊叫了几声，奋勇地走到河岸上，蹲身一跳，首先跳入船中。群羊看见老羊上船，大家便模仿起来，争先恐后地跳进船里去。

等到一群羊全部上船之后；他们便把老羊牵上岸来，仍旧送回栅里。每次装羊，必须央这老羊引导。老羊因有这点功劳，得以保全自己的性命。

我想，这不杀的老羊，原来是该死的"羊奸"。

一九三三年九月

庐山面目

*
*

咫尺愁风雨,匡庐不可登。只疑云雾里,犹有六朝僧。

——钱起

这位唐朝诗人教我们"不可登",我们没有听他的话,竟在两小时内乘汽车登上了匡庐。这两小时内气候由盛夏迅速进入了深秋。上汽车的时候九十五度,在汽车中先藏扇子,后添衣服,下汽车的时候不过七十几度了。赶第三招待所的汽车驶过正街闹市的时候,庐山给我的最初印象竟是桃源仙境:土地平旷,屋舍俨然;有茶馆酒楼,百货之属;黄发垂髫,并怡然自乐。不过他们看见了我们没有"乃大惊",因为上山避暑休养的人很多,招待所满坑满谷,好容易留两个房间给我们住。庐山避暑胜地,果然名不虚传。

这一天天气晴朗。凭窗远眺,但见近处古木参天,绿荫蔽日;远处岗峦起伏,白云出没。有时一带树林忽然不见,变成了一片云海;有时一片白云忽然消散，变成了许多楼台。正在凝望之间，一朵白云冉冉而来，钻进了我们的房间里。倘是幽人雅士，一定大开窗户，欢迎它进来共住；但我犹未免为俗人，连忙关窗谢客。我想，庐山真面目的不容易窥见，就因为了这些白云在那里作怪。

庐山的名胜古迹很多，据说共有两百多处。但我们十天内游踪所到的地方，主要的就是小天池、花径、天桥、仙人洞、含鄱口、黄龙潭、乌龙潭等处而已。夏禹治水的时候曾经登大汉阳峰，周朝的匡俗曾经在这里隐居，晋朝的慧远法师曾经在东林寺门口种松树，王羲之曾经在归宗寺洗墨，陶渊明曾经在温泉附近的栗里村住家，李白曾经在五老峰下读书，白居易曾经在花径咏桃花，朱熹曾经在白鹿洞讲学，王阳明曾经在舍身岩散步，朱元璋和陈友谅曾经在天桥作战……古迹不可胜计。

然而凭吊也颇伤脑筋，况且我又不是诗人，这些古迹不能激发我的灵感，跑去访寻也是枉然，所以除了乘便之外，大都没有专程拜访。有时我的太太跟着孩子们去寻幽探险了，我独自高卧在海拔一千五百公尺的山楼上看看庐山风景照片和导游之类的书，山光照槛，云树满窗，尘嚣绝迹，凉生枕簟，倒是真正的避暑。我看到天桥的照片，游兴发动起来，有一天就跟着孩子们去寻访。爬上断崖去的时候，一位挂着南京大学徽章的教授告诉我："上面路很难走，老先生不必去吧。天桥的那条石头大概已经跌落，就只是这么一个断崖。"我抬头一看，果然和照片中所见不同：照片上是两个断崖相对，右面的断崖上伸出一根大石条来，伸向左面的断崖，但是没有达到，相距数尺，仿佛一脚可以跨过似的。然而实景中并没有石条，只是相距若干丈的两个断崖，我们所登的便是左面的断崖。我想：这地方叫作天桥，大概那根石条就是桥，如今桥已经跌落了。我们在断崖上坐看云起，卧听鸟鸣，又拍了几张照片，逍遥地步行回寓。晚餐的时候，我向管理局的同志探问这座桥何时跌落，他回答我说，本来没有桥，那照相是从某角度望去所见的光景，啊，我恍然大悟了：那位南京大学教授和我谈话的地方，即离开左面的断崖数十丈的地方，我的确看到有一根不很大的石条伸出在空中，照相镜头放在石条附近适当的地方，透视法就把石条和断崖之间的距离取消，拍下来的就是我所欣赏的照片。我略感不快，仿佛上了资本主义社会的商业广告的当。然而就照相术而论，我不能说它虚伪，只是"太"巧妙了些。天桥这个名字也古怪，没有桥为什么叫天桥？

含鄱口左望扬子江，右瞰鄱阳湖，天下壮观，不可不看。有一天我们果然爬上了最高峰的亭子里，然而白云作怪，密密层层地遮盖了江和湖，不肯给我们看。我们在亭子里吃茶，等候了好久，白云始终不散，望下去白茫茫的，一无所见。这时候有一个人手里拿一把芭蕉扇，走进亭子来。他听见我们五个人讲土白，就和我招呼，说是同乡。原来他是湖州人，我们石门湾靠近湖州边界，语音相似。我们就用土白同他谈起天来。土白实在痛快，个个字入木三分，极细致的思想感情也充分表达得出。这位湖州客也实在不俗，句句话都动听。他说他住在上海，到汉口去望儿子，归途在九江上岸，乘便一游庐山。我问他为什么带芭蕉扇，他回答说，这东西妙用无穷：热的时候扇风，太阳大的时候遮阴，下雨的时候代伞，休息的时候当坐垫，这好比济公活佛的芭蕉扇。因此后来我们谈起他的时候就称他为"济公活佛"。互相叙述游览经过的时候，他说他昨天上午才上山，知道正街上的馆子规定时间卖饭票,他就在十一点钟先买了饭票,然后买一瓶酒,跑到小天池,在革命烈士墓前奠了酒,游览了一番,然后拿了酒瓶回到馆子里来吃午饭,这顿午饭吃得真开心。这番话我也听得真开心。白云只管把扬子江和鄱阳湖封锁,死不肯给我们看。时候不早,汽车在山下等候,我们只得别了济公活佛回招待所去。此后济公佛就变成了我们的谈话资料。姓名地址都没有问,再见的希望绝少,我们已经把他当作小说里的人物看待了。谁知天地之间事有凑巧:几天之后我们下山,在九江的浔庐餐厅吃饭的时候,济公活佛忽然又拿着芭蕉扇出现了。原来他也在九江候船返沪。我们又互相叙述别后游览经过。此公单枪匹马,深入不毛,所到的地方比我们多得多。我只记得他说有一次独自走到一个古塔的顶上,那里面跳出一只黄鼠狼来,他打湖州白说:"渠被吾吓了一吓,吾也被渠吓了一吓!"我觉得这简直是诗,不过没有叶韵。宋杨万里诗云:"意行偶到无人处,惊起山禽我亦惊。"岂不就是这种体验吗?现在有些白话诗不讲叶韵,就把白话写成每句一行,一个"但"字占一行,一个"不"字也占一行,内容不知道说些什么,我真不懂。这时候我想:倘能说得像我们的济公活佛那样富有诗趣,不叶韵倒也没有什么。

在九江的浔庐餐厅吃饭,似乎同在上海差不多。山上的吃饭情况就不同:我们住的第三招待所离开正街有三四里路,四周毫无供给,吃饭势必包在招待所里。价钱很便宜,饭菜也很丰富。只是听凭配给,不能点菜,而且吃饭时间限定。原来这不是菜馆,是一个膳堂,仿佛学校的饭厅。我有四十年不过饭厅生活了,颇有返老还童之感。跑三四里路,正街上有一所菜馆。然而这菜馆也限定时间,而且供应量有限,若非趁早买票,难免枵腹游山。我们在轮船里的时候,吃饭分五六班,每班限定二十分钟，必须预先买票。膳厅里写明请勿喝酒。有一个乘客说："吃饭是一件任务。"我想：轮船里地方小，人多，倒也难怪；山上游览之区，饮食一定便当。岂知山上的菜馆不见得比轮船里好些。我很希望下年这种办法加以改善。为什么呢，这到底是游览之区！并不是学校或学习班！人们长年劳动，难得游山玩水，游兴好的时候难免把吃饭延迟些，跑得肚饥的时候难免想吃些点心。名胜之区的饮食供应倘能满足游客的愿望，使大家能够畅游，岂不是美上加美呢？然而庐山给我的总是好感，在饮食方面也有好感：青岛啤酒开瓶的时候，白沫四散喷射，飞溅到几尺之外。我想，我在上海一向喝光明啤酒，原来青岛啤酒气足得多。回家赶快去买青岛啤酒，岂知开出来同光明啤酒一样，并无白沫飞溅。啊，原来是海拔一千五百公尺的气压的关系！庐山上的啤酒真好！

一九五六年九月作于上海

钱江看潮记[1]

*
*

阴历八月十八,我客居杭州。这一天恰好是星期日,寓中来了两位亲友,和两个例假返寓的儿女。上午,天色阴而不雨,凉而不寒。有一个人说起今天是潮辰,大家兴致勃勃起来,提议到海宁看潮。但是我左足趾上患着湿毒,行步维艰还在其次;鞋跟拔不起来,拖了鞋子出门,违背新生活运动,将受警察干涉。但为此使众人扫兴,我也不愿意。于是大家商议,修改办法:借了一只大鞋子给我左足穿了,又改变看潮的地点为钱塘江边,三廊庙。我们明知道钱塘江边潮水不及海宁的大,真是"没啥看头"的。但凡事轮到自己去做时,无论如何总要想出它一点好处来,一以鼓励勇气,一以安慰人心。就有人说:"今年潮水比往年大,钱塘江潮也很可观。""今天的报上说,昨天江边车站的铁栏都被潮水冲去,二十几个人爬在铁栏上看潮,一时淹没,幸为房屋所阻,不致与波臣为伍,但有四人头破血流。"听了这样的话,

---

[1] 本篇原载于《论语》1935年10月1日第73期。

大家觉得江干不亚于海宁，此行一定不虚。我就伴了我的两位亲友，带了我的女儿和一个小孩子，一行六人，就于上午十时动身赴江边。我两脚穿了一大一小的鞋子跟在他们后面。

我们乘公共汽车到三廊庙，还只十一点钟。我们乘义渡过江，去看看杭江路的车站，果有乱石板木狼藉于地，说是昨日的潮水所致的。钱江两岸两个码头实在太长，加起来恐有一里路。回来的时候，我的脚吃不消，就坐了人力车。坐在车中看自己的两脚，好像是两个人的。倘照样画起来，见者一定要说是画错的，但一路也无人注意，只是我自己心虚，偶然逢到有人看我的脚，我便疑心他在笑我，碰着认识的人，谈话之中还要自己先把鞋的特殊的原因告诉他。他原来没有注意我的脚，听我的话却知道了。善于为自己辩护的人，欲掩其短，往往反把短处暴露了。

我在江心的渡船中遥望北岸，看见码头近旁有一座楼，高而多窗，前无障碍。我选定这是看潮最好的地点。看它的模样，不是私人房屋，大约是茶馆酒店之类，可以容我们去坐的。为了脚痛，为了口渴，为了肚饥，又为了贪看潮的眼福，我遥望这座楼觉得异常玲珑，犹似仙境一般美丽。我们跳上码头，已是十二点光景。走尽了码头，果然看见这座楼上挂着茶楼的招牌，我们欣然登楼。走上扶梯，看见列着明窗净几，全部江景被收在窗中，果然一好去处。茶客寥寥，我们六人就占据了临窗的一排椅子。我回头喊堂倌："一红一绿！"堂倌却空手走过来，笑嘻嘻地对我说："先生，今天是买坐位的，每位小洋四角。"我的亲友们听了这话都立起身来，表示要走，但儿女们不闻不问，只管凭窗眺望江景，指东话西，有说有笑，正是得其所哉。我也留恋这地方，但我的亲友们以为座价太贵，同堂倌讲价，结果三个小孩子"马马虎虎"，我们六个人一共出了一块钱①。先付了钱，方才大家放心坐下。托堂倌叫了六碗面，又买了些果子，权当午饭。大家正肚饥，吃得很快。吃饱之后，看见窗外的江景比前更美丽了。

我们来得太早，潮水要三点钟才到呢。到了一点半钟，我们才看见别人陆续上楼来。有的嫌座价贵，回了下去。有的望望江景，迟疑一下，坐下了。到了两点半钟，楼上的座位已满，嘈杂异常，非复吃面时可比了。我们的座位幸而在窗口，背着嘈杂面江而坐，仿佛身在泾渭界上，另有一种感觉。三点钟快到，楼上已无立锥之地。后来者无座位，不吃茶，亦不出钱。我们的背后挤了许多人。回头一看，只见观者如堵。有男有女，有老有少，更有被抱着的孩子。有的坐在桌上，有的立在凳上，有的竟立在桌上。他们所看的，是照旧的一条钱塘江。久之，久之，眼睛看得酸了，腿站得痛了，潮水还是不来。大家倦起来，有的垂头，有的坐下。忽然人丛中一个尖锐的呼声："来了！来了！"大家立刻把脖子伸长，但钱塘江还是照旧。原来是一个母亲因为孩子挤得哭了，在那里哄他。

江水真是太无情了。大家越是引颈等候，它的架子越是十足。这仿佛有的火车站里的卖票人，又仿佛有的邮政局收挂号信的，窗栏外许多人等候他，他只管悠然地吸烟。

三点二十分光景，潮水真个来了！楼内的人万头攒动，像运动会中

---

① 当时角币有大洋小洋之分，一块钱相当于小洋十二角。

决胜点旁的观者。我也除去墨镜，向江口注视。但见一条同桌上的香烟一样粗细的白线，从江口慢慢向这方面延长来。延了好久，达到西兴方面，白线就模糊了。再过了好久，楼前的江水渐渐地涨起来。浸没了码头的脚。楼下的江岸上略起些波浪，有时打动了一块石头，有时淹没了一条沙堤。以后浪就平静起来，水也就渐渐退却，看潮就看好了。楼中的人，好像已经获得了什么，各自纷纷散去。我同我亲友也想带了孩子们下楼，但一个小孩子不肯走，惊异地责问我："还要看潮哩！"大家笑着告诉他："潮水已经看过了！"他不信，几乎哭了。多方劝慰，方才收泪下楼。

我实在十分同情于这小孩子的话。我当离座时，也有"还要看潮哩！"似的感觉，似觉今天的目的尚未达到。我从未为看潮而看潮。今天特地为看潮而来，不意所见的潮如此而已，真觉大失所望。但又疑心自己的感觉不对。若果潮不足观，何以茶楼之中，江岸之上，观者动万，归途阻塞呢？以问我的亲友，一人云："我们这些人不是为看潮来的，都是为潮神贺生辰来的呀！"这话有理，原来我们都是被"八月十八"这空名所召集的。怪不得潮水毫没看头。回想我在茶楼中所见，除旧有的一片江景外毫无可述的美景。只有一种光景不能忘却：当波浪淹没沙堤时，有一群人正站在沙堤上看潮。浪来时，大家仓皇奔回，半身浸入水中，举手大哭，幸有大人转身去救，未遭没顶。这光景大类一幅水灾图。

看了这图，使人想起最近黄河长江流域各处的水灾，败兴而归。

一九三四年秋日作，曾载《宇宙风》

春

*
*

  春是多么可爱的一个名词。自古以来的人都赞美它,希望它长在人间。诗人,特别是词客,对春爱慕尤深。试翻词选,差不多每一页上都可以找到一个春字。后人听惯了这种话,自然地随喜附和,即使实际上没有理解春的可爱的人,一说起春也会觉得欢喜。这一半是春这个字的音容所暗示的。"春!"你听,这个音读起来何等铿锵而惺忪可爱!这个字的形状何等齐整妥帖而具足对称的美!这么美的名字所隶属的时节,想起来一定很可爱。好比听见名叫"丽华"的女子,想来一定是个美人。

  然而实际上春不是那么可喜的一个时节。我积三十六年之经验,深知暮春以前的春天,生活上是很不愉快的。

  梅花带雪开了,说道是漏泄春的消息。但这完全是精神上的春,实际上雨雪霏霏,北风烈烈,与严冬何异?所谓迎春的人,也只是瑟缩地躲在房栊内，战栗地站在屋檐下，望望枯枝一般的梅花罢了！

再迟个把月罢，就像现在：惊蛰已过，所谓春将半了。住在都会里的朋友想象此刻的乡村，足有画图一般美丽，连忙写信来催我写春的随笔。好像因为我偎傍着春，惹他们妒忌似的。其实我们住在乡村间的人，并没有感到快乐，却生受了种种的不舒服：寒暑表激烈地升降于三十六度至六十二度（华氏度）之间。一日之内，乍暖乍寒。暖起来可以想起都会里的冰淇淋，寒起来几乎可见天然冰，饱尝了所谓"料峭"的滋味。天气又忽晴忽雨，偶一出门，干燥的鞋子往往拖泥带水归来。"一春能有几番晴"是真的；"小楼一夜听春雨"其实没有什么好听，单调得很，远不及你们都会里的无线电的花样繁多呢。春将半了，但它并没有给我们一点舒服，只教我们天天愁寒，愁暖，愁风，愁雨。正是"三分春色二分愁，更一分风雨"！

春的景象，只有乍寒、乍暖、忽晴、忽雨是实际而明确的。此外虽有春的美景，但都隐约模糊，要仔细探寻，才可依稀仿佛地见到，这就是所谓"寻春"吧？有的说"春在卖花声里"，有的说"春在梨花"，又有的说"红杏枝头春意闹"，但这种景象在我们这枯寂的乡村里都不易见到。即使见到了，肉眼也不易认识。总之，春所带来的美，少而隐；春所带来的不快，多而确。诗人词客似乎也承认这一点，春寒、春困、春愁、春怨，不是诗词中的常谈吗？不但现在如此，就是再过个把月，到了清明时节，也不见得一定春光明媚，令人极乐。倘又是落雨，路上的行人将要"断魂"呢。

可知春徒美其名，在实际生活上是很不愉快的。实际一年中最愉快的时节,是从暮春开始的。就气候上说,暮春以前虽然大体逐渐由寒向暖,但变化多端,始终是乍寒,乍暖,最难将息的时候。到了暮春,方才冬天的影响完全消失,而一路向暖。寒暑表上的水银爬到temperate①上,正是气候最temperate的时节。就景色上说,春色不须寻找,广大的绿野青山,慰人心目。古人词云:"杜宇一声春去,树头无数青山。"原来山要到春去的时候方才全青,而惹人注目。我觉得自然景色中,青草与白雪是最伟大的现象。造物者描写"自然"这幅大画图时,对于春红、秋艳,都只是略蘸些胭脂、朱磦,轻描淡写。到了描写白雪与青草,他就毫不吝惜颜料,用刷子蘸了铅粉、藤黄和花青而大块地涂抹,使屋屋皆白,山山皆青。这仿佛是米派山水的点染法,又好像是Cézanne②风景画的"色的块",何等泼辣的画风!而草色青青,连天遍野,尤为和平可亲,大公无私的春色。花木有时被关闭在私人的庭园里,吃了园丁的私刑而献媚于绅士淑女之前。草则到处自生自长,不择贵贱高下。人都以为花是春的作品,其实春工不在花枝,而在于草。看花的能有几人?草则广泛地生长在大地的表面,普遍地受大众的欣赏。这种美景,是早春所见不到的。那时候山野中枯草遍地,满目憔悴之色,看了令人不快。必须到了暮春,枯草尽去,才有真的青山绿野的出现而天地为之一新。一年好景,无过于此时。自然对人的恩宠,也以此时为最深厚了。

讲求实利的西洋人,向来重视这季节,称之为 May(五月)。May是一年中最愉快的时节,人间有种种的娱乐,即所谓May-queen(五

---

① temperate,温暖。
② Cézanne,保罗·塞尚(1839—1906),法国画家。

月美人）、May-pole（五月彩柱）、May-games（五月游艺）等。May这一个字，原是"青春""盛年"的意思。可知西洋人视一年中的五月，犹如人生中的青年，为最快乐、最幸福、最精彩的时期。这确是名副其实的。但东洋人的看法就与他们不同：东洋人称这时期为暮春，正是留春、送春、惜春、伤春，而感慨、悲叹、流泪的时候，全然说不到乐。东洋人之乐，乃在"绿柳才黄半未匀"的新春，便是那忽晴、忽雨、乍暖、乍寒，最难将息的时候。这时候实际生活上虽然并不舒服，但默察花柳的萌动，静观天地的回春，在精神上是最愉快的。故西洋的"May"相当于东洋的"春"。这两个字读起来声音都很好听，看起来样子都很美丽。不过May是物质的、实利的，而春是精神的、艺术的。东西洋文化的判别，在这里也可窥见。

一九三四年三月十二日

秋

*
*

　　我的年岁上冠用了"三十"二字，至今已两年了。不解达观的我，从这两个字上受到了不少的暗示与影响。虽然明明觉得自己的体格与精力比二十九岁时全然没有什么差异，"三十"这一个观念笼在头上，犹如张了一顶阳伞，使我的全身蒙了一个暗淡色的阴影，又仿佛在日历上撕过了立秋的一页以后，虽然太阳的炎威依然没有减却，寒暑表上的热度依然没有降低，然而只当得余威与残暑，或霜降木落的先驱，大地的节候已从今移交于秋了。

　　实际，我两年来的心情与秋最容易调和而融合。这情形与从前不同。在往年，我只慕春天。我最欢喜杨柳与燕子。尤其欢喜初染鹅黄的嫩柳。我曾经名自己的寓居为"小杨柳屋"，曾经画了许多杨柳燕子的画，又曾经摘取秀长的杨柳，在厚纸上裱成各种风调的眉，想象这等眉的所有者的颜貌，而在其下面添描出眼鼻与口。那时候我每逢早春时节，正月二月之交，看见杨柳枝的线条上挂了细珠，带了隐隐的青色而"遥看近却无"的时候,我心中便充满了一种狂喜,这狂喜又立刻变成焦虑,似乎常常在说:"春来了!不要放过!赶快设法招待它,享乐它,永远留住它。"我读了"良辰美景奈何天"等句,曾经真心地感动,以为古人都叹息一春的虚度。前车可鉴!到我手里绝不放它空过了。最是逢到了古人惋惜最深的寒食清明,我心中的焦灼便更甚。那一天我总想有一种足以充分酬偿这佳节的举行。我准拟作诗、作画,或痛饮、漫游。虽然大多不被实行,或实行而全无效果,反而中了酒,闹了事,换得了不快的回忆;但我总不灰心,总觉得春的可恋。我心中似乎只有知道春,别的三季在我都当作春的预备,或待春的休息时间,全然不曾注意到它们的存在与意义。而对于秋,尤无感觉:因为夏连续在春的后面,在我可当作春的过剩;冬先行在春的前面,在我可当作春的准备;独有与春全无关联的秋,在我心中一向没有它的位置。

自从我的年龄告了立秋以后,两年来的心境完全转了一个方向,也变成秋天了。然而情形与前不同:并不是在秋日感到像昔日的狂喜与焦灼。我只觉得一到秋天,自己的心境便十分调和。非但没有那种狂喜与焦灼,且常常被秋风秋雨秋色秋光所吸引而融化在秋中,暂时失却了自己的所在。而对于春,又并非像昔日对于秋的无感觉。我现在对于春非常厌恶。每当万象回春的时候,看到群花的斗艳,蜂蝶的扰攘以及草木昆虫等到处争先恐后地滋生繁殖的状态,我觉得天地间的凡庸、贪婪、无耻,与愚痴,无过于此了!尤其在青春的时候,看到柳条上挂了隐隐的绿珠,桃枝上着了点点的红斑,最使我觉得可笑又可怜。我想唤醒一个花蕊来对它说:"啊!你也来反复这老调了!我眼看见你的无数祖先,个个同你一样地出世,个个努力发展,争荣竞秀;不久没有一个不憔悴而化泥尘。你何苦也来反复这老调呢?如今你已长了这孽根,将来看你弄娇弄艳,装笑装颦,招致了蹂躏、摧残、攀折之苦,而步你的祖先们的后尘!"

实际,迎送了三十几次的春来春去的人,对于花事早已看得厌倦,感觉已经麻木,热情已经冷却,绝不会再像初见世面的青年少女似的为花的幻姿所诱惑而赞之、叹之、怜之、惜之了。况且天地万物,没有一件逃得出荣枯、盛衰、生灭、有无之理。过去的历史昭然地证明着这一点,无须我们再说。古来无数的诗人千篇一律地为伤春惜花费词,这种效颦也觉得可厌。假如要我对于世间的生荣死灭费一点词,我觉得生荣不足道,而宁愿欢喜赞叹一切的死灭。对于死者贪婪、愚昧、与怯弱,后者的态度何等谦逊、悟达,而伟大!我对于春与秋的舍取,也是为了这一点。

夏目漱石三十岁的时候,曾经这样说:"人生二十而知有生的利益;二十五而知有明之处必有暗;至于三十的今日,更知明多之处暗亦多,欢浓之时愁亦重。"我现在对于这话也深抱同感;同时又觉得三十的特征不止这一端,其更特殊的是对于死的体感。青年们恋爱不遂的时候惯说生生死死,然而这不过是知有"死"的一回事而已,不是体感。犹如在饮冰挥扇的夏日,不能体感到围炉拥衾的冬夜的滋味。就是我们阅历了三十几度寒暑的人,在前几天的炎阳之下也无论如何感不到浴日的滋味。围炉、拥衾、浴日等事,在夏天的人的心中只是一种空虚的知识,不过晓得将来须有这些事而已,但是不可能体感它们的滋味。须得入了秋天,炎阳逞尽了威势而渐渐退却,汗水浸胖了的肌肤渐渐收缩,身穿单衣似乎要打寒噤,而手触法兰绒觉得快适的时候,于是围炉、拥衾、浴日等知识方能渐渐融入体验界中而化为体感。我的年龄告了立秋以后，心境中所起的最特殊的状态便是这对于"死"的体感。以前我的思虑真疏浅！以为春可以常在人间，人可以永在青年，竟完全没有想到死。又以为人生的意义只在于生，而我的一生最有意义，似乎我是不会死的。直到现在，仗了秋的慈光的鉴照，死的灵气钟育，才知道生的甘苦悲欢，是天地间反复过亿万次的老调，又何足珍惜？我但求此生的平安的度送与脱出而已，犹之罹了疯狂的人，病中的颠倒迷离何足计较？但求其去病而已。

我正要搁笔，忽然西窗外黑云弥漫，天际闪出一道电光，发出隐隐的雷声，骤然洒下一阵夹着冰雹的秋雨。啊！原来立秋过得不多天，秋心稚嫩而未曾老练，不免还有这种不调和的现象，可怕哉！

一九二九年秋日

清晨

**

　　吃过早粥,走出堂前,在阶沿石上立了一会。阳光从东墙头上斜斜地射进来,照明了西墙头的一角。这一角傍着一大丛暗绿的芭蕉,显得异常光明。它的反光照耀全庭,使花坛里的千年红、鸡冠花和最后的蔷薇,都带了柔和的黄光。光滑的水门汀受了这反光,好像一片混浊的泥水。我立在阶沿石上,就仿佛立在河岸上了。

　　一条瘦而憔悴的黄狗,用头抵开了门,走进庭中来。它走到我的面前,立定了,俯下去嗅嗅我的脚,又仰起头来看我的脸。这眼色分明带着一种请求之情。我回身向内,想从余剩的早食中分一碗白米粥给它吃。忽然想起邻近有吃牺粥及糠饭的人,又踌躇地转身向了外。那狗似乎知道我的心事的,越发在我面前低昂盘旋,且嗅且看,又发出一种"呜呜"的声音。这声音仿佛在说:"狗也是天之生物!狗也要活!"我正踌躇,李妈出来收早粥,看见了狗便说:"这狗要饿杀快①

---

① 饿杀快,江南一带方言,意即快饿死。

了！宝官①，来厨房里拿些镬焦给它吃吃吧。"我的问题就被代为解决。不久宝官拿了一小箩镬焦出来，先放一撮在水门汀上。那狗拼命地吃，好像防人来抢似的。她一撮一撮喂它，好像防它停食似的。

我在庭中散步了好久，回到堂前，看见狗正在吃最后的一撮。我站在阶沿石上看它吃。我觉得眼梢头有一件小的东西正在移动。俯身一看，离开狗头一二尺处，有一群蚂蚁，正在扛抬狗所遗落的镬焦。许多蚂蚁围绕在一块镬焦的四周，扛了它向西行，好像一朵会走的黑瓣白心的菊花。它们的后面，有几个空手的蚂蚁跑着，好像是护卫；它们的前面有无数空手的蚂蚁引导着，好像是先锋。这列队约有二丈多长，从狗头旁边直达阶沿石缝的洞口——它们的家里。我蹲在阶沿上，目送这朵会走的菊花。一面呼唤正在浇花的宝官，叫她来共赏。她放下了浇花壶，走来蹲在水门汀上，比我更热心地观赏起来，我叫她留心管着那只狗，防恐它再吃得不够，走过来舔食了这朵菊花。她等狗吃完，把它驱逐出门，就安心地来看蚂蚁的清晨的工作了。

这块镬焦很大，作椭圆形，看来是由三四粒饭合成的。它们扛了一会，停下来，好像休息一下，然后扛了再走。扛手也时有变换。我看见一个蚂蚁从众扛手中脱身而出，径向前去。我怪他卸责，目送它走。看见另一个蚂蚁从对方走来。它们二人在交臂时急急地亲了一个吻，然后各自前去。后者跑到菊花旁边，就挤进去，参加扛抬的工作，好像是前者请来的替工。我又看见一个蚂蚁贴身在一个扛手的背后，好像在咬它。过了一会，那被咬者退了出来，自向前跑；那咬者便挤进去代它扛抬了。我看了这些小动物的生活，不禁摇头叹息，心中起了

---

① 作者家乡一带对小主人称 × 官。

浓烈的感兴。我忘却了一切,埋头于蚂蚁的观察中。我自己仿佛已经化了一个蚂蚁,也在参加这扛抬粮食的工作了。我一望它们的前途,着实地担心起来。为的是离开它们一二尺的前方,有两根晒衣竹竿横卧在水门汀上,阻住它们的去路。先锋的蚂蚁空着手爬过,已觉周折,这笨重的粮食如何扛过这两重畸形的山呢?忽然觉悟了我自己是人,何不用人力去助它一下呢?我就叫宝官把竹竿拿开。并且嘱咐她轻轻地,不要惊动了蚂蚁。她拿开了第二根时,菊花已经移行到第一根旁边而且已在努力上山了。我便叫她住手,且来观看。这真是畸形的山,山脚凹进,山腰凸出。扛抬粮食上山,非常吃力!后面的扛手站住不动,前面的扛手把后脚爬上山腰,然后死命地把粮食抬起来,使它架空。于是山腰的死命地拖,地上的死命地抬。结果连物带人拖上山去。我和宝官一直叫着"杭育,杭育"帮它们着力;到这时候不期地同喊一声"好啊!"各抽一口大气。

下山的时候,又是一番挣扎,但比上山容易得多。前面的扛手先把身体挂了下来,后面的扛手自然被粮食的重量拖下,跌到地上。另有两人扛了一粒小饭粒从后面跟来。刚爬上山,又跌了下去。来了一个帮手,三人抬过山头。前面的菊花形的大群已去得很远了。

菊花形的大群走了一大程平地,前面又遇到了障碍。这是一个不可超越的峭壁,而且壁的四周都是水,深可没顶。宝官抱歉地自责起来:"唉!我怎么把这把浇花壶放在它们的运粮大道上!不幸而这又是漏的!"继而认真地担忧了:"它们迷了路怎么办呢?"继而狂喜地提议:"赶快把壶拿开,给它们架一爿桥吧。"她正在寻找桥梁的材木,那三个扛抬的一组早已追过大群,先到水边,绕着水走去了。不久大群也到水边,跟了它们绕行,我唤回了宝官,依旧用眼睛帮它们扛抬。

我们计算绕水所多走的路程，约有三尺光景！而且海岸线曲折多端，转弯抹角，非常吃力，这点辛劳明明是宝官无心地赠给它们的！我们所惊奇者：蚂蚁似乎个个带着指南针。任凭转几个弯，任凭横走，逆行，他们决不失向。迤逦盘旋了好久，终于绕到了水的对岸。现在离它们的家只有四五尺，而且都是平地了。我的心便从蚂蚁的世界中醒回来。我站起身来，挺一挺腰。我想等它们扛进洞时，再蹲下去看。暂时站在阶沿石上同宝官谈些话。

"这也是一种生物，它们也要活。人类的生活实在不及……"我正想说下去，外面走进我们店里的染匠司务来。他提着早餐的饭篮，要送进灶间去。当他通过我们的前面时，他正在和宝官说什么话。我和宝官听他说话，暂时忘记了蚂蚁的事。等到我注意到的时候，他的左脚正落在这大群蚂蚁的上面，好像飞来峰一般。我急忙捉住他的臂，提他的身体，连喊"踏不得！踏不得！"他吓得不知所以，像化石一般，顶着脚尖，一动也不动。我用力搬开他的腿。看见他的脚踵底下，一朵白心黑瓣的菊花无恙地在那里移行。宝官用手拍拍自己的心，说道"还好还好，险险乎！"染匠司务俯下去看了一看，起来也用手拍拍自己的心，说道"还好还好，险险乎！"他放下了饭篮，和我们一同观赏了一会，赞叹了一会。当他提了饭篮走进屋里去的时候，又说一声"还好还好，险险乎！"

我对宝官说："这染匠司务不是戒杀者，他欢喜吃肉，而且会杀鸡。但我看他对于这大群蚂蚁的'险险乎'，真心地着急；对于它们的'还好还好'，真心地庆幸。这是人性中最可贵的'同情'的发现。人要杀蚂蚁，既不犯法，又不费力，更无人来替它们报仇。然而看了它们的求生的天性，奋斗团结的精神，和努力挣扎的苦心，谁能不起同情之心，而对于眼前的小动物加以爱护呢？我们并不要禁杀蚂蚁，我们并不想繁殖蚂蚁的种族。但是，倘有看了上述的状态，而能无端地故意地歼灭它们的人，其人定是丧心病狂之流，失却了人性的东西。我们所惜的并非蚂蚁的生命，而是人类的同情心。"宝官也举出一个实例来。说她记得幼时有一天，也看见过今日般的状态。大家正在观赏的时候，有某恶童持热水壶来，冲将下去。大家被他吓走，没有人敢回顾。我听了毛发悚然。推想这是水灾而兼炮烙，又好比油锅地狱！推想这孩子倘做了支配者，其杀人亦复如是！古来桀纣之类的暴徒，大约是由这种恶童变成的吧！

　　扛抬粮食的蚂蚁经过了长途的跋涉，出了染匠司务脚底的险，现在居然达到了家门口。我们又蹲下去看。然而如何搬进家里，我又替它们担起心来。因为它们的门洞开在两块阶沿石缝的上端，离平地约有半尺之高。从水门汀上扛抬到门口，全是断崖峭壁！以前的先锋，现在大部分集中在门口，等候粮食从峭壁上搬运上来。其一部分参加搬运之役。挤不进去的，附在别人后面，好像是在拉别人的身体，间接拉上粮食来。大块而沉重的粮食时时摇动，似欲翻落。我们为它们捏两把汗。将近门口，忽然一个失手，竟带了许多扛抬者，砰然下坠。我们同情之余，几欲伸手代为拾起，甚至欲到灶间里去抓一把饭粒来塞进洞门里。但是我们没有实行。因为教它们依赖，出于姑息；当它们豢物，近于侮辱。蚂蚁知道了，定要拒绝我们。你看，它们重整旗鼓，再告奋勇。不久，居然把这件重大的粮食扛上峭壁，搬进洞门里了。

　　朝阳已经照到芭蕉树上。时钟打九下。正是我们开始工作的时光了。宝官自去读书，我也带了这些感兴，走进我的书室去。

廿四（1935）年十月六日在石门湾，曾载《新少年》

扬州梦[①]

*
*

在格致中学高中三年级肄业的新枚患了不很重的肺病,遵医嘱停学在家疗养。生活寂寞,自己发心乘此机会读些诗词,我就做了他的教师,替他讲解《唐诗三百首》和《白香词谱》,每星期一两次。暮春有一天,我教他读姜白石的《扬州慢》:

淮左名都,竹西佳处,解鞍少驻初程。过春风十里,尽荠麦青青。自胡马窥江去后,废池乔木,犹厌言兵。渐黄昏,清角吹寒,都在空城。

杜郎俊赏,算而今,重到须惊。纵豆蔻词工,青楼梦好,难赋深情。二十四桥仍在,波心荡、冷月无声。念桥边红药,年年知为谁生。

这孩子兴味在于词律,一味讲究平平仄仄。我却怀古多情,神游于

---

① 本篇原载于《新观察》杂志,1958年5月1日第9期。

古代的淮扬胜地，缅想当年烟花三月，十里春风之盛。念到"二十四桥仍在"，我忽然发心游览久闻大名而无缘拜识的扬州，立刻收拾《白香词谱》，叫他到八仙桥去买明天到镇江的火车票，傍晚他拿了三张火车票回来。同去的是他和他的姐姐一吟。当夜各自准备行囊。

第二天下午，一行三人到达镇江。我们在镇江投宿，下午游览了焦山寺，认识了镇江的市容。下一天上午在江边搭轮船，渡江换乘公共汽车，不消两小时已经到达扬州。向车站里的人问询，他们介绍我们一所新开的公园旅馆。我们乘车投奔这旅馆，果然看见一所新造房子，里面的家具和被褥都是新的。盥洗既毕，斟一杯茶，坐下来休息一下。定神一想：现在我身已在扬州，然而我在一路上所见和在旅馆中所感，全然没有一点古色；但觉这是一个精小的近代都市，清静整洁；男女老幼熙攘往来，怡然操作，悉如他处；其中并无李白、张祜、杜牧、郑板桥、金冬心之类的面影。旅馆的招待员介绍我们到富春去吃中饭。富春是扬州有名的茶点酒菜馆，深藏在巷子里，而入门豁然开朗，范围甚广。点心和肴馔都极精美，虽然大都是荤的，我只能用眼睛来欣赏，但素菜也做得很好，别有风味。我觉得扬州只是一个小上海、小杭州，并无特殊之处。这在我似乎觉得有些失望，我决定下午去访大名鼎鼎的二十四桥。我预期这二十四桥能够满足我的怀古欲。

到大街上雇车子，说"到二十四桥"，然而年青的驾车人都不知道，摇摇头。有一个年纪较大的人表示知道，然而他忠告我们："这地方很远，而且很荒凉，你们去做什么？"我不好说"去凭吊"，只得撒一个谎，说"去看朋友"。那人笑着说："那边不大有人家呢！"我很狼狈，支吾地回答："不瞒你说，我们就想看看那个桥。"驾车的人都笑起来。这时候旁边的铺子里走出一位老者来，笑着对驾车人说："你们拉他们去嘛，在西门外，他们是来看看这小桥的。"又转向我说："这座桥从前很有名，可是现在荒凉了，附近没有什么东西。"我料想这位老者是读过唐诗，知道"二十四桥明月夜"的。他的笑容很特别，隐隐地表示着："这些傻瓜！"

车子走了半小时以上，方才停息在田野中间跨在一条沟渠似的小河上的一爿小桥边。驾车人说："到了，这是二十四桥。"我们下车，大家表示大失所望的样子，除了"哎哟！"以外没有别的话。一吟就拿出照相机来准备摄影。驾车的人看见了，打着土白交谈："来照相的。""要修桥吧？""要开河吗？"我不辩解，我就冒充了工程师，倒是省事。驾车人到树荫下去休息吸烟了。我有些不放心：这小桥到底是否二十四桥。为欲考证确实，我跑到附近田野里一位正在工作的农人那里，向他叩问："同志，这是什么桥？"他回答说："二十四桥。"我还不放心，又跑到桥旁一间小屋子门口，望见里面一位白头老婆婆坐着做针线，我又问："请问老婆婆，这是什么桥？"老婆婆干脆地说："廿四桥。"这才放心，我们就替二十四桥拍照。桥下水涸，最狭处不过七八尺，新枚跨了过去，嘴里念着"波心荡、冷月无声"，大家不觉失笑。

车子背着夕阳回城去的时候，我耽于冥想了。我首先想到李白"烟花三月下扬州"的名句，觉得正是这个时候。接着想起杜牧的诗："青山隐隐水迢迢，秋尽江南草未凋。二十四桥明月夜，玉人何处教吹箫？""落魄江湖载酒行，楚腰纤细掌中轻。十年一觉扬州梦，赢得青楼薄幸名。""娉娉袅袅十三余，豆蔻梢头二月初。春风十里扬州路，卷上珠帘总不如。"又想起徐凝的诗句:"天下三分明月夜,二分无赖是扬州。"又想起王建的诗句:"夜市千灯照碧云,高楼红袖客纷纷。"又想起张祜的诗:"十里长街市井连,月明桥上看神仙。人生只合扬州死,禅智山光好墓田。"我在吟诵之下,梦见唐朝时候扬州的繁华。我又想起清人所作的《扬州画舫录》,这书中记述着乾隆年间扬州的繁盛景象,十分详尽。我又记起清朝的所谓"扬州八怪",想象郑板桥、金冬心、罗聘、李方膺、汪士慎、高翔、黄慎、李鲜等潇洒不羁的文人画家寓居扬州时的风流韵事,最后想到描写清兵屠城的《扬州十日记》,打一个寒噤,不再想下去了。

回到旅馆里,询问账房先生,知道扬州有素菜馆。我们就去吃夜饭。这素菜馆名叫小觉林,位在电影院对面。我们在一个小楼上占据了一个雅座。一吟和新枚吃饱了饭,到对面看电影去了。我在小楼中独酌,凭窗闲眺,"十里长街""夜市千灯",却全无一点古风。只见许多穿人民装的男男女女,熙攘往来,怡然共乐,比较起上海的市街来,特别富有节日的欢乐气象。这是什么缘故呢?我想了好久,恍然大悟:原来扬州市内晚上没有汽车,马路上很安全,所有的行人都在马路中央憧憧往来,和上海节日电车停驶时的光景相似,所以在我看来特别富有欢乐的气象。我一方面觉得高兴,一方面略感失望。因为我抱着怀古之情而到这淮左名都来巡礼,所见的却是一个普通的现代化城市。

晚餐后我独自在街上徜徉了一会,回到旅馆已经九点多钟。舟车劳顿,观感纷忙,心身略觉疲倦,倒身在床,立刻睡去。

忽然听见有人敲门。拭目起床,披衣开门,但见一个端庄而壮健的中年妇人站在门口,满面笑容,打起道地扬州白说:"扰你清梦,非常抱歉!"我说:"请进来坐,请教贵姓大名。"她从容地走进房间来,在桌子旁边坐下,侃侃而言:"我姓扬名州,号广陵,字邗江,别号江都,是本地人氏。知道你老人家特地来访问我,所以前来答拜。我今天曾经到火车站迎接你,又陪伴你赴二十四桥,陪伴你上酒楼,不过没有让你察觉,你的一言一动,一思一想,我都知道。我觉得你对我有些误解,所以特地来向你表白。你不远千里而枉驾惠临,想必乐于听取我的自述吧?"我说:"久慕大名,极愿领教!"她从容地自述如下:

"你憧憬于唐朝时代、清朝时代的我,神往于'烟花三月''十里春风'的'繁华'景象,企慕'扬州八怪'的'风流韵事',认为这些是我过去的光荣幸福,你完全误解了!我老实告诉你:在1949年以前,一千多年的长时期里,我不断地被人虐待,受尽折磨,备尝苦楚,经常是身患痼疾,体无完肤,畸形发育,半身不遂;古人所赞美我的,都是虚伪的幸福、耻辱的光荣、忍痛的欢笑、病态的繁荣。你却信以为真,心悦神往地吟赏他们的诗句,真心诚意地想象古昔的盛况,不远千里地跑来凭吊过去的遗迹,不堪回首地痛惜往事的飘零。你真大上其当了!我告诉你:过去千余年间,我吃尽苦头。他们压迫我,毒害我,用残酷的手段把我周身的血液集中在我的脸面上,又给我涂上脂粉,加上装饰,使得我面子上绚焕灿烂,富丽堂皇,而内部和别的部分百病丛生,残废瘫痪,贫血折骨,臃肿腐烂。你该知道:士大夫们在二十四桥明月下听玉人吹箫,在明桥上看神仙,干风流韵事,其代价是我全身的多少血汗!"

"我忍受苦楚,直到1949年方才翻身。人民解除了我的桎梏,医治我的创伤，疗养我的疾病，替我沐浴，给我营养，使我全身正常发育，恢复健康。我有生以来不曾有过这样快乐的生活，这才是我的真正的光荣幸福！你在酒楼上看见我富有节日的欢乐气象，的确，七八年来我天天在过节日似的欢乐生活，所以现在我的身体这么壮健，精神这么愉快，生活这么幸福！你以前没有和我会面，没有看到过我的不幸时代，你也是幸福的人！欢迎你多留几天，我们多多叙晤，你会更了解我的光荣幸福，欢喜满足地回上海去，这才不负你此行的跋涉之劳呢！时候不早，你该休息了。我来扰你清梦，很对不起！"她说着就站起身来告辞。

我听了她的一番话，恍然大悟，正想慰问她，感谢她，她已经夺门而出，回头对我说一声"明天会！"就在门外消失了。

我走出门去送她，不料在门槛上绊了一下，跌了一跤，猛然醒悟，原来身在旅馆里的簇新的床铺上簇新的被窝里！啊，原来是一个"扬州梦"！这梦比元人乔梦符的《扬州梦》和清人嵇留山的《扬州梦》有意思得多，不可以不记。

一九五八年春日作

阿咪

*
*

阿咪者，小白猫也。十五年前我曾为大白猫"白象"写文。白象死后又曾养一黄猫，并未为它写文。最近来了这阿咪，似觉非写不可了。盖在黄猫时代我早有所感，想再度替猫写照。但念此种文章，无益于世道人心，不写也罢。黄猫短命而死之后，写文之念遂消。直至最近，友人送了我这阿咪，此念复萌，不可遏止。率尔命笔，也顾不得世道人心了。

阿咪之父是中国猫，之母是外国猫。故阿咪毛甚长，有似兔子。想是秉承母教之故，态度异常活泼，除睡觉外，竟无片刻静止。地上倘有一物，便是它的游戏伴侣，百玩不厌。人倘理睬它一下，它就用姿态动作代替言语，和你大打交道。此时你即使有要事在身，也只得暂时撇开，与它应酬一下；即使有懊恼在心，也自会忘怀一切，笑逐颜开。哭的孩子看见了阿咪，会破涕为笑呢。

我家平日只有四个大人和半个小孩。半个小孩者，便是我女儿的干女儿，住在隔壁，每星期三天宿在家里，四天宿在这里，但白天总是上学。因此，我家白昼往往岑寂，写作的埋头写作，做家务的专心家务，肃静无声，有时竟像修道院。自从来了阿咪，家中忽然热闹了。厨房里常有保姆的话声或骂声，其对象便是阿咪。室中常有陌生的笑谈声，是送信人或邮递员在欣赏阿咪。来客之中，送信人及邮递员最是枯燥，往往交了信件就走，绝少开口谈话。自从家里有了阿咪，这些客人亲昵得多了。常常因猫而问长问短，有说有笑，送出了信件还是流连不忍遽去。

访客之中，有的也很枯燥无味。他们是为公事或私事或礼貌而来的，谈话有的规矩严肃，有的啰唆疙瘩，有的虚空无聊，谈完了天气之后只得默守冷场。然而自从来了阿咪，我们的谈话有了插曲，有了调节，主客都舒畅了。有一个为正经而来的客人，正在侃侃而谈之时，看见阿咪姗姗而来，注意力便被吸引，不能再谈下去，甚至我问他也不回答了。又有一个客人向我叙述一件颇伤脑筋之事，谈话冗长曲折，连听者也很吃力。谈至中途，阿咪蹦跳而来，无端地仰卧在我面前了。这客人正在愤慨之际，忽然转怒为喜，停止发言，赞道："这猫很有趣！"便欣赏它，抚弄它，获得了片时的休息与调节。有一个客人带了个孩子来。我们谈话，孩子不感兴味，在旁枯坐。我家此时没有小主人可陪小客人，我正抱歉，忽然阿咪从沙发下钻出，抱住了我的脚。于是大小客人共同欣赏阿咪，三人就团结一气了。

后来我应酬大客人，阿咪替我招待小客人，我这主人就放心了。原来小朋友最爱猫，和它厮伴半天，也不厌倦，甚至被它抓出了血也情愿。

因为他们有一共通性：活泼好动。女孩子更喜欢猫，逗它玩它，抱它喂它，劳而不怨。因为她们也有个共通性：娇痴亲昵。

写到这里，我回想起已故的黄猫来了。这猫名叫"猫伯伯"。在我们故乡，伯伯不一定是尊称。我们称鬼为"鬼伯伯"，称贼为"贼伯伯"。故猫也不妨称为"猫伯伯"。大约过于特殊而引人注目的人物，都可讥讽地称之为伯伯。这猫的确是特殊而引人注目的。我的女儿最喜欢它，有时她正在写稿，忽然猫伯伯跳上书桌来，面对着她，端端正正地坐在稿纸上了。她不忍驱逐，就放下了笔，和它玩耍一会儿。有时它竟盘拢身体，就在稿纸上睡觉了，身体仿佛一堆牛粪，正好装满了一张稿纸。有一天，来了一位难得光临的贵客。我正襟危坐，专心应对。"久仰久仰""岂敢岂敢"，有似演剧。忽然猫伯伯跳上矮桌来，嗅嗅贵客的衣袖。我觉得太唐突，想赶走它。贵客却抚它的背，极口称赞："这猫真好！"话头转向了猫，紧张的演剧就变成了和乐的闲谈。后来我把猫伯伯抱开，放在地上，希望它去了，好让我们演完这一幕。岂知过得不久，忽然猫伯伯跳到沙发背后，迅速地爬上贵客的背脊，端端正正地坐在他的后颈上了！这贵客身体魁梧奇伟，背脊颇有些驼，坐着喝茶时，猫伯伯看来是个小山坡，爬上去很不吃力。此时我但见贵客的天官赐福的面孔上方，露出一个威风凛凛的猫头，画出来真好看呢！我以主人口气呵斥猫伯伯的无礼，一面起身捉猫。但贵客摇手阻止，把头低下，使山坡平坦些，让猫伯伯坐得舒服。如此甚好，我也何必做煞风景的主人呢？于是主客关系亲密起来，交情深入了一步。

可知猫是男女老幼一切人民大家喜爱的动物。猫的可爱，可说是群众意见。而实际上，如上所述，猫的确能化岑寂为热闹，变枯燥为生趣，转懊恼为欢笑；能助人亲善，教人团结。即使不捕老鼠，也有功于人生。那么我今为猫写照，恐是未可厚非之事吧？猫伯伯行年四岁，短命而死。这阿咪青春尚只三个月。希望它长寿健康，像我老家的老猫一样，活到十八岁。这老猫是我的父亲的爱物。父亲晚酌时，它总是端坐在酒壶边。父亲常常摘些豆腐干喂它。六十年前之事，今犹历历在目呢。

壬寅年（1962年）仲夏于上海作

东京某晚的事[1]

* * *

我在东京某晚遇见一件很小的事,然而这件事我永远不会忘记,并且常常使我憧憬。

有一个夏夜,初黄昏时分,我们同住在一个"下宿"[2]里的四五个中国人相约到神保町去散步。东京的夏夜很凉快,大家带着愉快的心情出门,穿和服的几个人更是风袂飘飘,徜徉徘徊,态度十分安闲。

一面闲谈,一面踱步,踱到十字路口的时候,忽然横路里转出一个伛偻的老太婆来。她两手搬着一块大东西,大概是铺在地上的席子,或者是纸窗的架子吧,鞠躬似的转出大路来。她和我们同走一条大路,因为走得慢,跟在我们后面。

---

[1] 本篇曾载于1927年7月10日《小说月报》第18卷第7号。
[2] "下宿",日文,意即"旅馆"。

我走在最先。忽然听得后面响起了一种与我们的闲谈调子不同的日本语声音，意思却听不清楚。我回头看时，原来是老太婆在向我们队里的最后的某君讲什么话。我只看见某君对那老太婆一看，立即回转头来，露出一颗闪亮的金牙齿，一面摇头，一面笑着说：

"iyada, iyada!"（不高兴，不高兴！）

似乎趋避后面的什么东西，大家向前挤挨一阵，走在最先的我被他们一推，跨了几脚紧步。不久，似乎已经到了安全地带，大家稍稍恢复原来的速度的时候，我方才探问刚才所发生的事情。

原来这老太婆对某君说话，是因为她搬那块大东西搬得很吃力，想我们中间哪一个帮她搬一会儿。她的话是：

"你们哪一位替我搬一搬，好不好？"

某君大概是因为带了轻松愉快的心情出来散步，实在不愿意替她搬运重物，所以回报她两个"不高兴"。然而说过之后，在她近旁徜徉，看她吃苦，心里大概又觉得过意不去，所以趋避似的快跑几步，务使吃苦的人不在自己眼睛面前。我探问情由的时候，我们已经离开那老太婆十来丈路，颜面已经看不清楚，声音也已听不到了。然而大家的脚步还是有些紧，不像初出门时那么从容安闲。虽然不说话，但各人一致的脚步，分明表示大家都有这样的感觉。

我每次回想起这件事，总觉得很有意味。我从来不曾从素不相识的路人那里受到这样唐突的请求。那老太婆的话，似乎应该用在家庭里或学校里，绝不是在路上可以听到的。这是关系深切而亲密的小团体中的人们之间所有的话，不适用于"社会"或"世界"的大团体中的所谓"陌路人"之间。这老太婆误把陌路当作家庭了。

这老太婆原是悖事的，唐突的。然而我却在想象，假如真能像这老太婆所希望，有这样的一个世界：天下如一家，人们如家族，互相亲爱，互相帮助，共乐其生活，那时陌路就变成家庭，这老太婆就并不悖事，并不唐突了。这是多么可憧憬的世界！

塘栖

*
*

夏目漱石的小说《旅宿》(日文名《草枕》)中,有这样的一段文章:"像火车那样足以代表二十世纪的文明的东西,恐怕没有了。把几百个人装在同样的箱子里蓦然地拉走,毫不留情。被装进在箱子里的许多人,必须大家用同样的速度奔向同一车站,同样地熏沐蒸汽的恩泽。别人都说乘火车,我说是装进火车里。别人都说乘了火车走,我说被火车搬运。像火车那样蔑视个性的东西是没有的了……"

我翻译这篇小说时,一面非笑这位夏目先生的顽固,一面体谅他的心情。在二十世纪中,这样重视个性,这样嫌恶物质文明的,恐怕没有了。有之,还有一个我,我自己也怀着和他同样的心情呢。从我乡石门湾到杭州,只要坐一小时轮船,乘一小时火车,就可到达。但我常常坐客船,走运河,在塘栖过夜,走它两三天,到横河桥上岸,再坐黄包车来到田家园的寓所。这寓所赛如我的"行宫",有一男仆经常照管着。我那时不务正业,全靠在家写作度日,虽不富裕,倒也开销得过。

客船是我们水乡一带地方特有的一种船。水乡地方，河流四通八达。这环境娇养了人，三五里路也要坐船，不肯步行。客船最讲究，船内装备极好。分为船梢、船舱、船头三部分，都有板壁隔开。船梢是摇船人工作之所，烧饭也在这里。船舱是客人坐的，船头上安置什物。舱内设一榻、一小桌，两旁开玻璃窗，窗下都有坐板。那张小桌平时摆在船舱角里，三只短脚搁在坐板上，一只长脚落地。倘有四人共饮，三只短脚可接长来，四脚落地，放在船舱中央。此桌约有二尺见方，叉麻雀也可以。舱内隔壁上都嵌着书画镜框，竟像一间小小的客堂。这种船真可称之为画船。这种画船雇用一天大约一元。（那时米价每石约二元半。）我家在附近各埠都有亲戚，往来常坐客船。因此船家把我们当作老主顾。但普通只雇一天，不在船中宿夜。只有我到杭州，才包它好几天。

吃过早饭，把被褥用品送进船内，从容开船。凭窗闲眺两岸景色，自得其乐。中午，船家送出酒饭来。傍晚到达塘栖，我就上岸去吃酒了。塘栖是一个镇，其特色是家家门前建着凉棚，不怕天雨。有一句话，叫作"塘栖镇上落雨，淋勿着①"。"淋"与"轮"发音相似，所以凡事轮不着，就说"塘栖镇上落雨"。且说塘栖的酒店，有一特色，即酒菜种类多而分量少。几十只小盆子罗列着，有荤有素，有干有湿，有甜有咸，随顾客选择。真正吃酒的人，才能赏识这种酒家。若是壮士、莽汉，像樊哙、鲁智深之流，不宜上这种酒家。他们狼吞虎咽起来，一盆酒菜不够一口。必须是所谓酒徒，才可请进来。酒徒吃酒，不在菜多，但求味美。呷一口花雕，嚼一片嫩笋，其味无穷。这种人深得酒中三

---

① 淋勿着，即淋不着雨的意思。

昧,所以称之为"徒"。迷于赌博的叫作赌徒,迷于吃酒的叫作酒徒。但爱酒毕竟和爱钱不同,故酒徒不宜与赌徒同列。和尚称为僧徒,与酒徒同列可也。我发了这许多议论,无非要表示我是个酒徒,故能常识塘栖的酒家。我吃过一斤花雕,要酒家做碗素面,便醉饱了。算还了酒钞,便走出门,到淋勿着的塘栖街上去散步。塘栖枇杷是有名的。我买些白沙枇杷,回到船里,分些给船娘,然后自吃。

在船里吃枇杷是一件快适的事。吃枇杷要剥皮,要出核,把手弄脏,把桌子弄脏。吃好之后必须收拾桌子,洗手,实在麻烦。船里吃枇杷就没有这种麻烦。靠在船窗口吃,皮和核都丢在河里,吃好之后在河里洗手。坐船逢雨天,在别处是不快的,在塘栖却别有趣味。因为岸上淋勿着,绝不妨碍你上岸。况且有一种诗趣,使你想起古人的佳句:"人人尽说江南好,游人只合江南老。春水碧于天,画船听雨眠。""闲梦江南梅熟日,夜船吹笛雨潇潇。"古人赞美江南,不是信口乱道,却是亲身体会才说出来的。江南佳丽地,塘栖水乡是代表之一。我谢绝了二十世纪的文明产物的火车,不惜工本地坐客船到杭州,实在并非顽固。知我者,其唯夏目漱石乎?

伍 * 学会艺术的生活

人生有三层楼：第一层是物质生活，第二层是精神生活，第三层是灵魂生活。

学会艺术的生活

* *

原本我们初生入世的时候，最初并不提防到这世界是如此狭隘而使人窒息的。

我们虽然由儿童变成大人，然而我们这心灵是始终一贯的心灵，即依然是儿时的心灵，只不过经过许久的压抑，所有的怒放的、炽热的感情的萌芽，屡被磨折，不敢再发生罢了。这种感情的根，依旧深深地伏在做大人后的我们的心灵中。这就是"人生的苦闷"根源。

我们谁都怀着这苦闷，我们总想发泄这苦闷，以求一次人生的畅快。艺术的境地，就是我们所开辟的、来发泄这生的苦闷的乐园。我们的身体被束缚于现实，匍匐在地上。然而我们在艺术的生活中，可以暂时放下我们的一切压迫与负担，解除我们平日处世的苦心，而做真的自己的生活，认识自己的奔放的生命。我们可以瞥见"无限"的姿态，可以体验人生的崇高、不朽，而发现生的意义与价值了。艺术教育，就是教人以这艺术的生活的。知识、道德，在人世间固然必要，然倘若缺乏这种艺术的生活，纯粹的知识与道德全是枯燥的法则的纲。这纲愈加繁多，人生愈加狭隘。

所谓艺术的生活，就是把创作艺术、鉴赏艺术的态度来应用在人生中，即教人在日常生活中看出艺术的情味来。倘能因艺术的修养，而得到了梦见这美丽世界的眼睛，我们所见的世界，就处处美丽，我们的生活就处处滋润了。

艺术教育就是教人用像作画、看画一样的态度来对世界；换言之，就是教人学做孩子，就是培养小孩子的这点"童心"，使他们长大以后永不泯灭。童心，在大人就是一种"趣味"。培养童心，就是涵养趣味。大人与孩子，分居两个不同的世界。儿童对于人生自然，另取一种特殊的态度，即对于人生自然的"绝缘"的看法。哲学地考察起来，"绝缘"的正是世界的"真相"，即艺术的世界正是真的世界。人类最初，天生是和平的、爱的。所以小孩子天生有艺术态度的基础。世间教育儿童的人，父母、老师，切不可斥儿童的痴呆，切不可把儿童大人化，宁可保留、培养他们的一点痴呆，直到成人以后。因为这痴呆就是童心。童心，在大人就是一种"趣味"。培养童心，就是涵养趣味。小孩子的生活，全是趣味本位的生活。我所谓培养，就是做父母、做老师的人，应该乘机助长，修正他们的对于事物的看法。要处处离去因袭，不守传统，不照习惯，而培养其全新的、纯洁的"人"的心。对于世间事物，处处要教他用这个全新的纯洁的心来领受，或用这个全新的纯洁的心来批判选择而实行。

认识千古大谜的宇宙与人生的,便是这个心。得到人生的最高愉悦的,便是这个心。赤子之心。

孟子说:"大人者,不失其赤子之心者也。"所谓赤子之心,就是孩子的本来的心,这心是从世外带来的,不是经过这世间的造作后的心。明言之,就是要培养孩子的纯洁无疵、天真烂漫的真心,使成人之后,"不为物诱",能主动地观察世间,矫正世间,不致被动地盲从这世间已成的习惯,而被世间结成的罗网所羁绊。

常人抚育孩子,到了渐渐成长,渐渐脱去其痴呆的童心而成为大人模样的时代,父母往往喜慰,实则这是最可悲哀的现状!因为这是尽行放失其赤子之心,而为现世的奴隶了。

爱与同情

* *

有一个儿童,他走进我的房间里,便给我整理东西。他看见我的挂表的面合复在桌子上,给我翻转来。看见我的茶杯放在茶壶的环子后面,给我移到口子前面来。看见我床底下的鞋子一顺一倒,给我掉转来。看见我壁上的立幅的绳子拖出在前面,搬了凳子,给我藏到后面去。

我谢他:"哥儿,你这样勤勉地给我收拾!"
他回答我说:"不是,因为我看了那种样子,心情很不安适。"
是的,他曾说:"挂表的面合复在桌子上,看它何等气闷!"
"茶杯躲在它母亲的背后,教它怎样吃奶奶?"
"鞋子一顺一倒,教它们怎样谈话?"
"立幅的辫子拖在前面,像一个鸦片鬼。"

我实在钦佩这哥儿的同情心的丰富。从此我也着实留意于东西的位置,体谅东西的安适了。它们的位置安适,我们看了心情也安适。于是我恍然悟到,这就是美的心境,就是文学的描写中所常用的手法,就是绘画的构图上所经营的问题。这都是同情心的发展。普通人的同情只能及于同类的人,或至多及于动物;但艺术家的同情非常深广,与天地造化之心同样深广,能普及于有情、非有情的一切物类。

我次日到高中艺术科上课,就对她们作这样的一番讲话:世间的物有各种方面,各人所见的方面不同。譬如一株树,在博物家,在园丁,在木匠,在画家,所见各人不同。博物家见其性状,园丁见其生息,木匠见其材料,画家见其姿态。但画家所见的,与前三者又根本不同。前三者都有目的,都想起树的因果关系,画家只是欣赏目前的树的本身的姿态,而别无目的。所以画家所见的方面,是形式的方面,不是实用的方面。换言之,是美的世界,不是真善的世界。美的世界中的价值标准,与真善的世界中全然不同,我们仅就事物的形状、色彩、姿态而欣赏,更不顾问其实用方面的价值了。

所以一枝枯木,一块怪石,在实用上全无价值,而在中国画家眼中是很好的题材。无名的野花,在诗人的眼中异常美丽。故艺术家所见的世界,可说是一视同仁的世界,平等的世界。艺术家的心,对于世间一切事物都给以热诚的同情。

故普通世间的价值与阶级,入了画中便全部撤销了。画家把自己的心移入于儿童的天真的姿态中而描写儿童,又同样地把自己的心移入于乞丐的病苦的表情中而描写乞丐。画家的心,必常与所描写的对象相共鸣共感,共悲共喜,共泣共笑;倘不具备这种深广的同情心,而徒事手指的刻画,决不能成为真的画家。即使他能描画,所描的至多仅抵一幅照相。

画家须有这种深广的同情心，故同时又非有丰富而充实的精神力不可。倘其伟大不足与英雄相共鸣，便不能描写英雄；倘其柔婉不足与少女相共鸣，便不能描写少女。故大艺术家必是大人格者。

艺术家的同情心，不但及于同类的人物而已，又普遍地及于一切生物、无生物；犬马花草，在美的世界中均是有灵魂而能泣能笑的活物了。诗人常常听见子规的啼血，秋虫的促织，看见桃花的笑东风，蝴蝶的送春归；用实用的头脑看来，这些都是诗人的疯话。其实我们倘能身入美的世界中，而推广其同情心，及于万物，就能切实地感到这些情景了。画家与诗人是同样的，不过画家注重其形式姿态的方面而已。没有体得龙马的活力，不能画龙马；没有体得松柏的劲秀，不能画松柏。中国古来的画家都有这样的明训。西洋画何独不然？我们画家描一个花瓶，必其心移入于花瓶中，自己化作花瓶，体得花瓶的力，方能表现花瓶的精神。我们的心要能与朝阳的光芒一同放射，方能描写朝阳；能与海波的曲线一同跳舞，方能描写海波。这正是"物我一体"的境涯，万物皆备于艺术家的心中。

为了要有这点深广的同情心，故中国画家作画时先要焚香默坐，涵养精神，然后和墨伸纸，从事表现。其实西洋画家也需要这种修养，不过不曾明言这种形式而已。不但如此，普通的人，对于事物的形色姿态，多少必有一点共鸣共感的天性。房屋的布置装饰，器具的形状色彩，所以要求其美观者，就是为了要适应天性的缘故。眼前所见的都是美的形色，我们的心就与之共感而觉得快适；反之，眼前所见的都是丑恶的形色,我们的心也就与之共感而觉得不快。不过共感的程度有深浅高下不同而已。对于形色的世界全无共感的人,世间恐怕没有;有之,必是天资极陋的人,或理智的奴隶,那些真是所谓"无情"的人了。

在这里我们不得不赞美儿童了。因为儿童大都是最富于同情的。且其同情不但及于人类,又自然地及于猫犬、花草、鸟蝶、鱼虫、玩具等一切事物,他们认真地对猫犬说话,认真地和花接吻,认真地和人像(doll)玩耍,其心比艺术家的心真切而自然得多!他们往往能注意大人们所不能注意的事,发现大人们所不能发现的点。所以儿童的本质是艺术的。

换言之,即人类本来是艺术的,本来是富于同情的。只因长大起来受了世智的压迫,把这点心灵阻碍或消磨了。唯有聪明的人,能不屈不挠,外部即使饱受压迫,而内部仍旧保藏着这点可贵的心。这种人就是艺术家。

西洋艺术论者论艺术的心理,有"感情移入"之说。所谓感情移入,就是说我们对于美的自然或艺术品,能把自己的感情移入于其中,投入于其中,与之共鸣共感,这时候就体验到美的滋味。我们又可知这种自我投入的行为,在儿童的生活中为最多。他们往往把兴趣深深地投入在游戏中,而忘却自身的饥寒与疲劳。

《圣经》中说:"你们不像小孩子,便不得进入天国。"小孩子真是人生的黄金时代!我们的黄金时代虽然已经过去,但我们可以因了艺术的修养而重新面见这幸福、仁爱而和平的世界。

手指

*
*

已故日本艺术论者上田敏的艺术论中，曾经说过这样的话："五根手指中，无名指最美。初听这话不易相信，手指头有什么美丑呢？但仔细观察一下，就可看见无名指在五指中，形状最为秀美……"大意如此，原文已不记得了。

我从前读到他这一段话时，觉得很有兴趣。这位艺术论者的感觉真锐敏，趣味真丰富！五根手指也要细细观察而加以美术的批评。但也只对他的感觉与趣味发生兴味，却未能同情于他的无名指最美说。当时我也为此伸出自己的手来仔细看了一会儿。不知是我的视觉生得不好，还是我的手指生得不好之故，始终看不出无名指的美处。注视了长久，反而觉得恶心起来：那些手指都好像某种蛇虫，而无名指尤其蜿蜒可怕。假如我的视觉与手指没有毛病，上田氏所谓最美，大概就是指这一点吧？

这回我偶然看看自己的手,想起了上田氏的话。我知道了:上田氏的所谓"美",是唯美的美。借他们的国语说,是on-narashii(女相的)的美,不是otokorashii(男相的)的美。在绘画上说,这是"拉费尔[拉斐尔]前派"(Pre-Raphaelists)一流的优美,不是赛尚痕[塞尚](Cézanne)以后的健美。在美术潮流上说,这是世纪末的颓废的美,不是新时代感觉的力强的美。

但我仍是佩服上田先生的感觉的锐敏与趣味的丰富。因为他这句话指示了我对于手指的鉴赏。我们除残废者外,大家随时随地随身带着十根手指,永不离身,也可谓相亲相近了;然而难得有人鉴赏它们,批评它们。这也不能不说是一种疏忽!仔细鉴赏起来,一只手上的五根手指,实在各有不同的姿态,各具不同的性格。现在我想为它们逐一写照:

大指在五指中,是形状最难看的一人。他自惭形秽,常常退居下方,不与其他四者同列。他的身材矮而胖,他的头大而肥,他的构造简单,人家都有两个关节,他只有一个。因此他的姿态丑陋,粗俗,愚蠢而野蛮;有时看了可怕。记得我小时候,我乡有一个捉狗屎①的疯子,名叫顾德金的,看见了我们小孩子,便举起手来,捏一个拳,把大指矗立在上面,而向我们弯动大指的关节。这好像一支手枪正要向我们射发,又好像一件怪物正在向我们点头,我们见了最害怕,立刻逃回家中,依在母亲身旁。屡屡如此,后来母亲就利用"顾德金来了"一句话来作为阻止我们恶戏的法宝了。为有这一段故事,我现在看了大指的姿态愈觉

---

① 捉狗屎,作者家乡话,意即捡狗屎(做肥料)。

可怕。但不论姿态，想想他的生活看，实在不可怕而可敬。他在五指中是工作最吃苦的工人。凡是享乐的生活，都由别人去做，轮不着他。例如吃香烟，总由中指、食指持烟，他只得伏在里面摸摸香烟屁股；又如拉胡琴，总由其他四指按弦，却叫他相帮扶住琴身；又如弹风琴弹洋琴[钢琴]，在十八世纪以前也只用其他四指；后来德国音乐家罢哈[巴赫]（Sebastian Bach）总算提拔他，请他也来弹琴；然而按键的机会，他总比别人少。又凡是讨好的生活，也都由别人去做，轮不着他。例如招呼人，都由其他四人上前点头，他只得呆呆地站在一旁；又如搔痒，也由其他四人上前卖力，他只得退在后面。

反之，凡是遇着吃力的工作，其他四人就都退避，让他上前去应付。例如水要喷出来，叫他死力抵住；血要流出来，叫他拼命捺住；重东西要翻倒去，叫他用劲扳住；要吃果物了，叫他细细剥皮；要读书了，叫他翻书页；要进门了，叫他揿电铃；天黑了，叫他开电灯；医生打针的时候还要叫他用力把药水注射到血管里去。种种苦工，都归他做，他决不辞劳。其他四人除了享乐地讨好的事用他不着外，稍微吃力一点的生活就都要他帮忙。他的地位恰好站在他们的对面，对无论哪个都肯帮忙。他人没有了他的助力，事业都不成功。在这点上看来，他又是五指中最重要，最力强的分子。位列第一，而名之曰"大"，曰"巨"，曰"拇"，诚属无愧。日本人称此指曰"亲指"（coyayubi），又用为"丈夫"的记号；英国人称"受人节制"曰"under one's thumb"，其重要与力强于此尽可想见。用人群作比，我想把大拇指比方农人。

难看，吃苦，重要，力强，都比大拇指稍差，而最常与大拇指合作的，是食指。这根手指在形式上虽与中指无名指小指这三个有闲阶级同列，地位看似比劳苦阶级的大拇指高得多,其实他的生活介乎两阶级之间,比大拇指舒服得有限,比其他三指吃力得多!这在他的姿态上就可看出。除了大拇指以外,他最苍老:头团团的,皮肤硬硬的,指爪厚厚的。周身的姿态远不及其他三指的窈窕,都是直直落落的强硬的曲线。有的食指两旁简直成了直线,而且从头至尾一样粗细,犹似一段香肠。因为他实在是个劳动者。他的工作虽不比大拇指的吃力,却比大拇指的复杂。拿笔的时候,全靠他推动笔杆,拇指扶着,中指衬着,写出种种复杂的字来。取物的时候,他出力最多,拇指来助,中指等难得来衬。遇到龌龊的,危险的事,都要他独个人上前去试探或冒险。秽物,毒物,烈物,他接触的机会最多;刀伤,烫伤,轧伤,咬伤,他消受的机会最多。难怪他的形骸要苍老了。他的气力虽不及大拇指那么强,然而他具有大拇指所没有的"机敏"。故各种重要工作都少他不得。指挥方向必须请他,打自动电话必须请他,扳枪机也必须请他。此外打算盘,捻螺旋,解纽扣等,虽有大拇指相助,终是要他主干的。总之,手的动作,差不多少他不来,凡事必须请他上前做主。故英人称此指为 fore finger,又称之为 index,我想把食指比方工人。

五指中地位最优,相貌最堂皇的,无如中指。他住在中央,左右都有屏藩。他的身体最高,在形式上是众指中的首领人物。他的两个贴身左右,无名指与食指,大小长短均仿佛,好像关公左右的关平与周仓,一文一武,片刻不离地护卫着。他的身体夹在这两个人中间,永远不受外伤冲撞,故皮肤秀嫩,颜色红润,曲线优美,处处显示着养尊处优的幸福,名义又最好听:大家称他为"中",日本人更敬重他,又尊称之为"高高指"(takatakayubi)。但讲到能力,他其实是徒有其形,徒美其名,徒尸其位,而很少用处的人。每逢做事,名义上他总是参加的,实际上他总不出力。譬如攫取一物，他因为身体最长，往往最先碰到物，好像取得这物是他一人的功劳。其实，他一碰到之后就退在一旁，让大拇指和食指这两个人去出力搬运，他只在旁略为扶衬而已。又如推却一物，他因为身体最长，往往与物最先接触，好像推却这物是他一个人的功劳。其实，他一接触之后就退在一旁，让大拇指和食指这两个人去出力推开，他只在旁略为助势而已。《左传》"阖庐伤将指"句下注云："将指，足大指也。言其将领诸指。足之用力大指居多。手之取物中指为长。故足以大指为将，手以中指为将。"可见中指在众手指中，好比兵士中的一个将官，令兵士们上前杀战，而自己退在后面。名义上他也参加战争，实际上他不必出力。我想把中指比方官吏。

无名指和小指，真的两个宝贝！姿态的优美无过于他们。前者的优美是女性的，后者的优美是儿童的。他们的皮肤都很白嫩，体态都很秀丽，样子都很可爱。然而，能力的薄弱也无过于他们了。无名指本身的用处，只有研脂粉，蘸药末，戴指戒。日本人称他为"红差指"（benisashiyubi），是说研磨胭脂粉用的指头。又称他为"药指"（kusuriyubi），就是说有时靠他研研药末，或者蘸些药末来敷在患处。英国人称他为 ring finger，就是为他爱戴指戒的缘故。至于小指的本身的用处，更加藐小，只是握握耳朵，扒扒鼻涕而已。他们也有被重用的时候：在丝竹管弦上，他们的能力不让于别人。当一个戴金刚钻指戒的女人要在交际社会中显示她的美丽与富有的时候，常用"兰花手指"撮了香烟或酒杯来敬呈她所爱慕的人，这两根手指正是这朵"兰花"中最优美的两瓣。除了这等享乐的光荣的事以外，遇到工作，他们只是其他三指的无力的附庸。我想把无名指比方纨绔儿，把小指比方弱者。

故我不能同情于上田氏的无名指最美说，认为他的所谓美是唯美，是优美，是颓废的美。同时我也无心别唱一说，在五指中另定一根最美的手指。我只觉五指的姿态与性格，有如上之差异，却并无爱憎于其间。我觉得手指的全体，同人群的全体一样。五根手指倘能一致团结，成为一个拳头以抵抗外侮，那就根根有效，根根有力量，不复有善恶强弱之分了。

一九三六年三月二十一日作

自然

**

"美"都是"神"的手所造。假手于"神"而造美的,是艺术家。

路上的褴褛的乞丐,身上全无一点人造的装饰,然而比时装美女美得多。这里的火车站旁边有一个伛偻的老丐,天天在那里向行人求乞。我每次下了火车之后,迎面就看见一幅米叶[米勒](Millet)的木炭画,充满着哀怨之情。我每次给他几个铜板——又买得一幅充满着感谢之情的画。

女性们煞费苦心于自己的身体的装饰。头发烫也不错,胸臂冻也不妨,脚尖痛也不怕。然而真的女性的美,全不在乎她们所苦心经营的装饰上。我们反在她们所不注意的地方发现她们的美。不但如此,她们所苦心经营的装饰,反而妨碍了她们的真的女性的美。所以画家不许她们加上这种人造的装饰,要剥光她们的衣服,而赤裸裸地描写"神"的作品。

画室里的模特儿虽然已经除去一切人造的装饰，剥光了衣服；然而她们倘然受了作画学生的指使，或出于自心的用意，而装腔作势，想用人力硬装出好看的姿态来，往往越装越不自然，而所描的绘画越无生趣。印象派以来，裸体写生的画风盛于欧洲，普及于世界。使人走进绘画展览中，如入浴堂或屠场，满目是肉。然而用印象派的写生的方法来描出的裸体，极少有自然的、美的姿态。自然的美的姿态，在模特儿上台的时候是不会有的。只有在其休息的时候，那女子在台旁的绒毡上任意卧坐，自由活动的时候，方才可以见到美妙的姿态，这大概是世间一切美术学生所同感的情形吧。因为在休息的时候，不复受人为的拘束，可以任其自然的要求而活动。"任天而动"，就有"神"所造的美妙的姿态出现了。

人在照相中的姿态都不自然，也就是为此。普通照相中的人物，都装着在舞台上演剧的优伶的神气，或南面而朝的王者的神气，或庙里的菩萨像的神气，又好像正在摆步位的拳教师的神气。因为普通人坐在照相镜头前面被照的时间，往往起一种复杂的心理，以致手足无措，坐立不安，全身紧张得很，故其姿态极不自然。加之照相者又要命令他"头抬高点！""眼睛看着！""带点笑容！"内面已在紧张，外面又要听照相者的忠告，而把头抬高，把眼钉住，把嘴勉强笑出，这是何等困难而又滑稽的办法！怎样教底片上显得出美好的姿态呢？我近来正在学习照相，因为嫌恶这一点，想规定不照人物的肖像，而专照风景与静物，即神的手所造的自然，及人借了神的手而布置的静物。

人体的美的姿态，必是出于自然的。换言之，凡美的姿态，都是从物理的自然的要求而摆出的姿态,即舒服的时候的姿态。这一点屡次引起我非常的铭感。无论贫贱之人、丑陋之人、劳动者、黄包车夫,只要是顺其自然的天性而动,都是美的姿态的所有者,都可以礼赞。甚至对于生活的幸福全然无分的,第四阶级以下的乞丐,这一点也决不被剥夺,与富贵之人平等。不,乞丐所有的姿态的美,屡比富贵之人丰富得多。试入所谓上流的交际社会中,看那班所谓"绅士",所谓"人物"的样子,点头、拱手、揖让、进退等种种不自然的举动,以及脸的外皮上硬装出来的笑容,敷衍应酬的不由衷的言语,实在滑稽得可笑,我每觉得这种是演剧,不是人的生活。过这样的生活,宁愿做乞丐。

被造物只要顺天而动,即见其真相,亦即见其固有的美。我往往在人的不注意,不戒备的时候,瞥见其人的真而美的姿态。但倘对他熟视或声明了,这人就注意、戒备起来,美的姿态也就杳然了。从前我习画的时候,有一天发现一个朋友的 pose(姿态)很好,要求他让我画一张 sketch(速写),他限我明天。到了明天,他剃了头,换了一套新衣,挺直了项颈危坐在椅子里,教我来画……这等人都不足与言美。我只有和我的朋友老黄①,能互相赏识其姿态,我们常常相对坐谈到半夜。老黄是画画的人,他常常嫌模特儿的姿态不自然,与我所见相同。他走进我的室内的时候,我倘觉得自己的姿势可观,就不起来应酬,依旧保住我的原状,让他先鉴赏一下。他一相之后,就会批评我的手如何,脚如何,全体如何。然后我们吸烟煮茶,晤谈别的事体。晤谈

---

① 老黄,即作者的好友,口琴家黄涵秋。

之中，我忽然在他的动作中发现了一个好的 pose，"不动！"他立刻石化，同画室里的石膏模型一样。我就欣赏或描写他的姿态。

不但人体的姿态如此，物的布置也逃不出这自然之律。凡静物的美的布置，必是出于自然的。换言之，即顺当的、妥帖的、安定的。取最卑近的例来说：假如桌上有一把茶壶与一只茶杯，倘这茶壶的嘴不向着茶杯而反向他侧，即茶杯放在茶壶的后面，犹之孩子躲在母亲的背后，谁也觉得这是不顺当的、不妥帖的、不安定的。同时把这画成一幅静物画，其章法（即构图）一定也不好。美学上所谓"多样的统一"，就是说多样的事物，合于自然之律而作成统一，是美的状态。譬如讲坛的桌子上要放一个花瓶。花瓶放在桌子的正中，太缺乏变化，即统一而不多样。欲其多样，宜稍偏于桌子的一端。但倘过偏而接近于桌子的边上，看去也不顺当，不妥帖，不安定。同时在美学上也就是多样而不统一。大约放在桌子的三等分的界线左右，恰到好处，即得多样而又统一的状态。同时在实际也是最自然而稳妥的位置。这时候花瓶左右所余的桌子的长短，大约是三与五，至四与六的比例。这就是美学上所谓"黄金比例"。黄金比例在美学上是可贵的，同时在实际上也是得用的。所以物理学的"均衡"与美学的"均衡"颇有相一致的地方。右手携重物时左手必须扬起，以保住身体的物理的均衡。这姿势在绘画上也是均衡的。兵队中"稍息"的时候，身体的重量全部搁在左腿上，右腿不得不斜出一步，以保住物理的均衡。这姿势在雕刻上也是均衡的。

故所谓"多样的统一""黄金律""均衡"等美的法则，都不外乎"自然"之理，都不过是人们窥察神的意旨而得的定律。所以论文学的人说，"文章本天成，妙手偶得之"，论绘画的人说，"天机勃露，独得于笔情墨趣之外"。"美"都是"神"的手所造的，假手于"神"而造美的，是艺术家。

一九二八年十月十二日①

---

① 本文篇末原未署日期。这里所署的日期是发表在《小说日报》时篇末所署，在新中国成立后作者自编的《缘缘堂随笔》（人民文学出版社1957年11月初版）中，篇末误署为：1926年作。

美术与人生

* *

形状和色彩有一种奇妙的力,能在默默之中支配大众的心。例如春花的美能使人心兴奋,秋月的美能使人心沉静;人在晴天格外高兴,在阴天就大家懒洋洋地。山乡的居民大都忠厚,水乡的居民大都活泼,也是因为常见山或水,其心暗中受其力的支配,便养成了特殊的性情。

用人工巧妙地配合形状、色彩的,叫作美术。配合在平面上的是绘画,配合在立体上的是雕塑,配合在实用上的是建筑。因为是用人工巧妙地配合的,故其支配人心的力更大。这叫作美术的亲和力。

例如许多人共看画图,所看的倘是墨绘的山水图,诸人心中共起壮美之感;倘是金碧的花蝶图,诸人心中共起优美之感。故厅堂上挂山水图,满堂的人愈感庄敬;房室中挂花鸟图,一室的人倍觉和乐。优良的电影开映时,满院的客座阒然无声,但闻机器转动的微音。因为数千百观众的心,都被这些映画(电影)的亲和力所统御了。

雕塑是立体的，故其亲和力更大，伟人的铜像矗立在都市的广场中，其英姿每天印象于往来的万众的心头，默默中施行着普遍的教育。又如入大寺院，仰望金身的大佛像，其人虽非宗教信徒，一时也会肃然起敬，缓步低声。埃及的专制帝王建造七十层高的人面狮身大石雕，名之曰"斯芬克司"。埃及人民的绝对服从的精神，半是这大石雕的暗示力所养成的。

建筑在美术中形体最大，其亲和力也最大；又因我们的生活大部分在建筑物中度过，故建筑及于人心的影响也最深。例如端庄雅洁的校舍建筑，能使学生听讲时精神集中，研究时心情安定，暗中对于教育有不少的助力。古来帝王的宫殿，必极富丽堂皇，使臣民瞻望九重城阙，自然心生惶恐。宗教的寺院，必极高大雄壮，使僧众参诣大雄宝殿，自然稽首归心。这便是利用建筑的亲和力以镇服人心的。饮食店的座位与旅馆的房间，布置精美，可以推广营业。商人也会利用建筑的亲和力以支配顾客的心。

建筑与人生的关系最切，故凡建筑隆盛的时代，其国民文化必然繁荣。希腊黄金时代有极精美的神殿建筑，意大利文艺复兴时代有极伟大的寺院建筑，便是其例。现代欧美热衷于都市建筑，也可说是现代人的文化的表象。

山中避雨

***

前天同了两女孩到西湖山中游玩,天忽下雨。我们仓皇奔走,看见前方有一小庙,庙门口有三家村,其中一家是开小茶店而带卖香烟的。我们趋之如归。茶店虽小,茶也要一角钱一壶。但在这时候,即使两角钱一壶,我们也不嫌贵了。

茶越冲越淡,雨越落越大。最初因游山遇雨,觉得扫兴;这时候山中阻雨的一种寂寥而深沉的趣味牵引了我的感兴,反觉得比晴天游山趣味更好。所谓"山色空蒙雨亦奇",我于此体会了这种境界的好处。然而两个女孩子不解这种趣味,她们坐在这小茶店里躲雨,只是怨天尤人,苦闷万状。我无法把我所体验的境界为她们说明,也不愿使她们"大人化"而体验我所感的趣味。

茶博士坐在门口拉胡琴。除雨声外,这是我们当时所闻的唯一的声音。拉的是《梅花三弄》,虽然声音摸得不大正确,拍子还拉得不错。

这好像是因为顾客稀少,他坐在门口拉这曲胡琴来代替收音机做广告的。可惜他拉了一会就罢,使我们所闻的只是嘈杂而冗长的雨声。为了安慰两个女孩子,我就去向茶博士借胡琴。"你的胡琴借我弄弄好不好?"他很客气地把胡琴递给我。

我借了胡琴回茶店,两个女孩很欢喜。"你会拉的?你会拉的?"我就拉给她们看。手法虽生,音阶还摸得准。因为我小时候曾经请我家邻近的柴主人阿庆教过《梅花三弄》,又请对面弄内一个裁缝司务大汉教过胡琴上的工尺。阿庆的教法很特别,他只是拉《梅花三弄》给你听,却不教你工尺的曲谱。他拉得很熟,但他不知工尺。我对他的拉奏望洋兴叹,始终学他不来。后来知道大汉识字,就请教他。他把小工调、正工调的音阶位置写了一张纸给我,我的胡琴拉奏由此入门。现在所以能够摸出正确的音阶者,一半由于以前略有摸 violin① 的经验,一半仍是根基于大汉的教授的。在山中小茶店里的雨窗下,我用胡琴从容地(因为快了要拉错)拉了种种西洋小曲。两女孩和着了歌唱,好像是西湖上卖唱的,引得三家村里的人都来看。一个女孩唱着《渔光曲》,要我用胡琴去和她。我和着她拉,三家村里的青年们也齐唱起来,一时把这苦雨荒山闹得十分温暖。我曾经吃过七八年音乐教师饭,曾经用 piano② 伴奏过混声四部合唱,曾经弹过 Beethoven 的 sonata③。但是有生以来,没有尝过今日般的音乐的趣味。

两部空黄包车拉过,被我们雇定了。我付了茶钱,还了胡琴,辞

---

① Violin:小提琴。
② Piano:钢琴。
③ Sonata:奏鸣曲。

别三家村的青年们，坐上车子。油布遮盖我面前，看不见雨景。我回味刚才的经验，觉得胡琴这种乐器很有意思。Piano 笨重如棺材，violin 要数十百元一具，制造虽精，世间有几人能够享用呢？胡琴只要两三角钱一把，虽然音域没有 violin 之广，也仅够演奏寻常小曲。虽然音色不比 violin 优美，装配得法，其发音也还可听。这种乐器在我国民间很流行，剃头店里有之，裁缝店里有之，江北船上有之，三家村里有之。倘能多造几个简易而高尚的胡琴曲，使像《渔光曲》一般流行于民间，其艺术陶冶的效果，恐比学校的音乐课广大得多呢。我离去三家村时，村里的青年们都送我上车，表示惜别。我也觉得有些儿依依。（曾经搪塞他们说："下星期再来！"其实恐怕我此生不会再到这三家村里去吃茶且拉胡琴了。）若没有胡琴的因缘，三家村里的青年对于我这路人有何惜别之情，而我又有何依依于这些萍水相逢的人呢？古语云："乐以教和。"我做了七八年音乐教师没有实证过这句话，不料这天在这荒村中实证了。

一九三五年秋日作

梧桐树

* *

寓楼的窗前有好几株梧桐树。这些都是邻家院子里的东西,但在形式上是我所有的。因为它们和我隔着适当的距离,好像是专门种给我看的。它们的主人,对于它们的局部状态也许比我看得清楚,但是对于它们的全体容貌,恐怕始终没看清楚呢。因为这必须隔着相当的距离方才看见。唐人诗云:"山远始为容。"我以为树亦如此。自初夏至今,这几株梧桐树在我面前浓妆淡抹,显出了种种的容貌。

当春尽夏初,我眼看见新桐初乳的光景。那些嫩黄的小叶子一簇簇地顶在秃枝头上,好像一堂树灯,又好像小学生的剪贴图案,布置均匀而带幼稚气。植物的生叶,也有种种技巧。有的新陈代谢,瞒过了人的眼睛而在暗中偷换青黄。有的微乎其微,渐乎其渐,使人不觉察其由秃枝变成绿叶,只有梧桐树的生叶,技巧最为拙劣,但态度最为坦白。它们的枝头疏而粗,它们的叶子平而大。叶子一生,全树显然变容。

在夏天，我又眼看见绿叶成荫的光景。那些团扇大的叶片，长得密密层层，望去不留一线空隙，好像一个大绿障；又好像图案画中的一座青山。在我所常见的庭院植物中，叶子之大，除了芭蕉以外，恐怕无过于梧桐了。芭蕉叶形状虽大，数目不多，那丁香结要过好几天才展开一张叶子来，全树的叶子寥寥可数。梧桐叶虽不及它大，可是数目繁多。那猪耳朵一般的东西，重重叠叠地挂着，一直从低枝上挂到树顶。窗前摆了几枝梧桐，我觉得绿意实在太多了。古人说"芭蕉分绿上窗纱"，眼光未免太低，只是阶前窗下的所见而已。若登楼眺望，芭蕉便落在眼底，应见"梧桐分绿上窗纱"了。

一个月以来，我又眼看见梧桐叶落的光景。样子真凄惨呢！最初绿色黑暗起来，变成墨绿；后来又由墨绿转成焦黄；北风一吹，它们大惊小怪地闹将起来，大大的黄叶便开始辞枝。起初突然地落脱一两张来；后来成群地飞下一大批来，好像谁从高楼上丢下来的东西。枝头渐渐地虚空了，露出树后面的房屋来，终于只剩几根枝条，回复了春初的面目。这几天它们空手站在我的窗前，好像曾经娶妻生子而家破人亡了的光棍，样子怪可怜的！我想起了古人的诗："高高山头树，风吹叶落去。一去数千里，何当还故处？"现在倘要搜集它们的一切落叶来，使它们一齐变绿，重还故枝，回复夏日的光景，即使仗了世间一切支配者的势力，尽了世间一切机械的效能，也是不可能的事了！回黄转绿世间多，但象征悲哀的莫如落叶，尤其是梧桐的落叶。落花也曾令人悲哀。但花的寿命短促，犹如婴儿初生即死，我们虽也怜惜他，但因对他关系未久，回忆不多，因之悲哀也不深。叶的寿命比花长得多，尤其是梧桐的叶，自初生至落尽，占有大半年之久，况且这般繁茂，这般盛大！眼前高厚浓重的几堆大绿，一朝化为乌有！"无常"的象征，莫大于此了!

但它们的主人,恐怕没有感到这种悲哀。因为他们虽然种植了它们,所有了它们,但都没有看见上述的种种光景。他们只是坐在窗下瞧瞧它们的根干,站在阶前仰望它们的枝叶,为它们扫扫落叶而已,何从看见它们的容貌呢?何从感到它们的象征呢?可知自然是不能被占有的。可知艺术也是不能被占有的。

廿四(1935)年十一月廿八日夜作,曾载《宇宙风》

带点笑容

※ ※

请照相馆里的人照相，他将要开镜头的时候，往往要命令你："带点笑容！"

爱好美术的朋友X君最嫌恶这一点，因此永不请教照相馆。但他不能永不需要照相，因此不惜巨价自己购置一副照相机。然而他的生活太忙，他的技术太拙，学了好久照相，难得有几张成功的作品。为了某种需要，他终于不得不上照相馆去。我预料有一幕滑稽剧要开演了，果然：

X君站在镜头面前，照相者供献他一个摩登花样的矮柱，好像一只茶几，教他左手搁在这矮柱上，右手叉腰，说道："这样写意！"X君眉头一皱，双手拒绝他，说："这个不要，我只要这样站着好了！"他心中已经大约动了三分怒气。照相者扫兴地收回了矮柱，退回镜头边来，对他一相，又走上前去劝告他："稍微偏向一点儿，不要立正！"X

君不动。照相者大概以为他听不懂，伸手捉住他的两肩，用力一旋，好像雕刻家弄他的塑像似的，把 X 君的身体向外旋转约二十度。他的两手一放，X 君的身体好像有弹簧的，立刻回复原状。二人意见将要发生冲突，我从中出来调解："偏一点儿也好，不过不必偏得这样多。"X 君听了我的话，把身体旋转了约十度。但我知道他心中的怒气已经动了五六分了。

照相者的头在黑布底下钻了好久，走到 X 君身边，先用两手整理他的衣襟，拉他的衣袖，又蹲下去搬动他的两脚。最后立起身来用两手的中指点住他的颧颧，旋动他的头颅；用左手的食指点住他的后脑，教他把头俯下；又用右手的食指点住他的下巴，教他把头仰起。X 君的怒气大约已经增至八九分。他不耐烦地嚷起来："好了，好了！快些给我照吧！"我也从旁帮着说："不必太仔细，随便给他照一个，自然一点倒好看。"照相者说着"好，好。"走回镜旁，再相了一番，伸手搭住镜头，对 X 君喊："眼睛看着这里！带点儿笑容！"看见 X 君不奉行他的第二条命令，又重申一遍："带点笑容！"X 君的怒气终于增到了十分，破口大骂起来："什么叫作带点笑容！我又不是来卖笑的！混账！我不照了！"他两手一挥，红着脸孔走出了立脚点，皱着眉头对我苦笑。照相者就同他相骂起来：

"什么？我要你照得好看，你反说我混账！"

"你懂得什么好看不好看？混账东西！"

"我要同你品品道理看！你板着脸孔，我请你带点笑容，这不是好意？到茶店里品道理我也不怕！"

"我不受你的好意。这是我的照相，我欢喜怎样便怎样，不要你管！"

"照得好看不好看,和我们照相馆名誉有关,我不得不管!"

听到了这句话, X君的怒气增到十二分:"放屁!你也会巧立名目来拘束别人的自由……"二人几乎动武了。我上前劝解,拉了愤愤不平的X君走出照相馆。一出滑稽剧于是闭幕。

我陪着X君走出照相馆时,心中也非常疑怪。为什么照相一定要"带点笑容"呢?回头向他们的样子窗里一瞥,这疑怪开始消解,原来他们所摄的照相,都作演剧式的姿态,没有一幅是自然的。女的都带些花旦的姿态,男的都带些小生、老生,甚至丑角的姿态。美术上所谓自然的 pose(姿势), 在照相馆里很难找到。人物肖像上所谓妥帖的构图,在这些样子窗里尤无其例。推想到这些照相馆里来请求照相的人,大都不讲什么自然的 pose, 与妥帖的构图。女的但求自己的姿态可爱,教她装个俏眼儿也不吝惜;男的但求自己的神气活现,命令他"带点笑容"当然愿意的了。我们的X君戴了美术的眼镜,抱了造像的希望,到这种地方去找求自然的 pose 与妥帖的构图,犹如缘木求鱼,当然是要失望的。

但是这幕滑稽剧的演出,其原因不仅在于美术与非美术的冲突上,还有更深的原因隐伏在X君的胸中。他是一个不善逢迎,不苟言笑的人。他这种性格,今天就在那个照相馆中的镜头前面现形出来。他的反抗照相者的命令,其意识中仿佛在说:"我不愿做一切违背衷心的非义的言行!我不欲强作笑颜来逢迎任何人!我的脸孔天生成这样!这是我之所以为我!"故在他看来,照相者劝他"带点笑容",仿佛是强迫他变志,失节,装出笑颜来谄媚世人,在他是认为奇耻大辱的。然而照相馆里的人哪能顾到这一点?他的劝人"带点笑容",确是出于"好意"。因为他们营商的人,大都以多数顾客的要求为要求,以多数顾客的好恶为好恶,他们自己对于照相根本没有什么要求,也没有什么好恶。故 X 君若有所愤怒,也不必对他们发,应该发在多数的顾客身上。因为多数顾客喜欢在镜头面前作娇态,装神气,因此养成了这样的照相店员。

我并不主张照相时应该板脸孔,也不一定嫌恶装笑脸的照相。但觉照相者强迫镜头前的人"带点笑容",是可笑,可耻,又可悲的事。因此我不得不由此想象:现今的世间,像 X 君的人极少,而与 X 君性格相反的人极多。那么真如 X 君出照相馆时所说:"现今的世间,要进照相馆也不得不'带点笑容'了!"

廿五(1936)年夏日作,曾载《宇宙风》

谈自己的画

＊＊

去秋语堂先生来信，嘱我写一篇《谈漫画》。我答允他定写，然而只管不写。为什么答允写呢？因为我是老描"漫画"的人，约十年前曾经自称我的画集为《子恺漫画》，在开明书店出版。近年来又不断地把"漫画"在各杂志和报纸上发表，惹起几位读者的评议。还有几位出版家，惯把"子恺漫画"四个字在广告中连写起来，把我的名字用作一种画的形容词；有时还把我夹在两个别的形容词中间，写作"色彩子恺新年漫画"（见开明书店本年一月号《中学生》广告）。这样，我和"漫画"的关系就好像很深。近年我被各杂志催稿，随便什么都谈，而独于这关系好像很深的"漫画"不谈，自己觉得没理由，而且也不愿意，所以我就答允他一定写稿。为什么又只管不写呢？因为我对于"漫画"这个名词的定义，实在没有弄清楚：说它是讽刺的画，不尽然；说它是速写画，又不尽然；说它是黑和白的画，有色彩的也未始不可称为"漫画"；说它是小幅的画，小幅的不一定都是"漫画"。……原来我的画称为漫画，不是我自己做主的，十年前我初描这种画的时候,《文学周报》编辑部的朋友们说要拿我的"漫画"去在该报发表。从此我才知我的画可以称为"漫画",画集出版时我就遵用这名称,定名为《子恺漫画》。这好比我的先生(从前浙江第一师范的国文教师单不厂先生,现在已经逝世了。)根据了我的单名"仁"而给我取号为"子恺",我就一直遵用到今。我的朋友们或者也是有所根据而称我的画为"漫画"的,我就信受奉行了。但究竟我的画为什么称为"漫画"?可否称为"漫画"?自己一向不曾确知。自己的画的性状还不知道,怎么能够普遍地谈论一般的漫画呢?所以我答允了写稿之后,踌躇满胸,只管不写。

最近语堂先生又来信,要我履行前约,说不妨谈我自己的画。这好比大考时先生体恤学生抱佛脚之苦,特把题目范围缩小。现在我不可不缴卷了,就带着眼病写这篇稿子。

把日常生活的感兴用"漫画"描写出来——换言之,把日常所见的可惊、可喜、可悲、可哂之相,就用写字的毛笔草草地图写出来——听人拿去印刷了给大家看,这事在我约有了十年的历史,仿佛是一种习惯了。中国人崇尚"不求人知",西洋人也有"What's in your heart let no one know"的话。我正同他们的相反,专门画给人家看,自己却从未仔细回顾已发表的自己的画。偶然在别人处看到自己的画册,或者在报纸、杂志中翻到自己的插画,也好比路旁的商店的样子窗中的大镜子里照见自己的面影,往往一瞥就走,不愿意细看。这是什么心理?很难自知。勉强平心静气地观察自己,大概是为了太稔熟,太关切,表面上反而变疏远了的缘故。中国人见了朋友或相识者都打招呼,表示互相亲爱;但见了自己的妻子,反而板起脸孔不搭白,表示疏远的样子。我的不欢喜仔细回顾自己的画,大约也是出于这种奇妙的心理的吧?

但现在我要写这个题目,非仔细回顾自己的画不可了。我找集从前出版的《子恺漫画》《子恺画集》等书,从头翻阅,又把近年来在各杂志和报纸上发表的画的副稿来逐幅细看,想看出自己的画的性状来,作为本题的材料。结果大失所望。我全然没有看到关于画的事,只是因了这一次的检阅,而把自己过去十年间的生活与心情切实地回味了一遍,心中起了一种不可名状的感慨,竟把画的一事完全忘却了。

因此我终于不能谈自己的画。一定要谈,我只能在这里谈谈自己的生活和心情的一面,拿来代替谈自己的画吧。

约十年前,我家住在上海。住的地方迁了好几处,但总无非是一楼一底的"弄堂房子",至多添了一间过街楼。现在回想起来,上海这地方真是十分奇妙:看似那么忙乱的,住在那里却非常安闲,家庭这小天地可以和忙乱的环境判然地隔离而安闲地独立。我们住在乡间,邻人总是熟识的,有的比亲戚更亲切;白天门总是开着的,不断地有人进进出出;有了些事总是大家传说的,风俗习惯总是大家共通的。住在上海完全不然。邻人大都不相识,门镇日严扃着,别人死了人与你全不相干。故住在乡间看似安闲,其实非常忙乱;反之,在上海看似忙乱,其实非常安闲。关了前门,锁了后门,便成一个自由独立的小天地。在这里面由你选取甚样风俗习惯的生活:宁波人尽管度宁波俗的生活,广东人尽管度广东俗的生活。我们是浙江石门湾人,住在上海时也只管说石门湾的土白,吃石门湾式的饭菜,度石门湾式的生活;

却与石门湾相去千里。现在回想,这真是一种奇妙的生活!

除了出门以外,在家里所见的只是这个石门湾式的小天地。有时开出后门去,换掉些头发(《子恺画集》六四页),有时从过街楼上挂下一只篮去买两只团子(《子恺漫画》七〇页),有时从阳台眺望屋瓦间浮出来的纸鸢(《子恺漫画》六三页),知道春已来到上海。但在我们这个小天地中,看不出春的来到。有时几乎天天同样,辨不出今日和昨日。有时连日没有一个客人上门,我妻每天的兴事,就是傍晚时光抱了瞻瞻,携了阿宝,到弄堂门口去等我回家(《子恺漫画》六九页)。两岁的瞻瞻坐在他母亲的臂上,口里唱着:"爸爸还不来,爸爸还不来!"六岁的阿宝拉住了她娘的衣裾,在下面同他和唱。瞻瞻在马路上扰攘往来的人群中认到了带着一沓书和一包食物回家的我,突然地欢呼舞蹈起来,几乎使他母亲的手臂撑不住。阿宝陪着他在下面跳舞,也几乎撕破了她母亲衣裾。他们的母亲呢,笑着喝骂他们。当这时候,我觉得自己立刻化身为二人。其一人做了他们的父亲或丈夫,体验着小别重逢时的家庭团圆之乐;另一个人呢,远远地站了出来,从旁观察这一幕悲欢离合的活剧,看到一种可喜又可悲的世间相。

他们这样地欢迎我进去的,是上述的几与世间绝缘的小天地。这里是孩子们的天下。主宰这天下的,有三个角色,除了瞻瞻和阿宝之外,还有一个是四岁的软软,仿佛罗马的三头政治。日本人有Tototenka(父天下)、Kakatenka(母天下)之名,我当时曾模仿他们戏称我们这家庭为Tsetsetenka(瞻瞻天下)。因为瞻瞻在这三人之中势力最盛,好比罗马三头政治中的领胄。我呢,名义上是他们的父亲,实际上是他们的臣仆；而我自己却以为是站在他们这政治舞台下面的观剧者。丧失了美丽的童年时代，送尽了蓬勃的青年时代，而初入黯淡的中年时代的我，在这群真率的儿童生活中梦见了自己过去的幸福，觅得了自己已失的童心。我企慕他们的生活的天真，艳羡他们的世界的广大。觉得孩子们都有大丈夫气，大人比起他们来，个个都虚伪卑怯。又觉得人世间各种伟大的事业，不是那种虚伪卑怯的大人们所能致，都是具有孩子们似的大丈夫气的人所建设的。

我翻到自己的画册，便把当时的情景历历地回忆起来。例如：他们跟了母亲到故乡的亲戚家去看结婚，回到上海的家里时也就结起婚来。他们派瞻瞻做新官人。亲戚家的新官人曾经来向我借一顶铜盆帽。（注：当时我乡结婚的男子，必须戴一顶铜盆帽，穿长衫马褂，好像是代替清朝时代的红缨帽子外套的。我在上海日常戴用的呢帽，常常被故乡的乡亲借去当作结婚的大礼帽用。）瞻瞻这两岁的小新官人也借我的铜盆帽去戴上了。他们派软软做新娘子。亲戚家的新娘子用红帕子把头蒙住，他们也拿母亲的红包袱把软软的头蒙住了。一个戴着铜盆帽好像苍蝇戴豆壳；一个蒙住红包袱好像猢狲扮地戏，但两人都认真得很，脸孔板板的，跨步缓缓的，活像那亲戚家的结婚式中的人物。宝姊姊说"我做媒人"，拉住了这一对小夫妇而教他们参天拜地，拜好了又送他们到用凳子搭成的洞房里（见《子恺画集》第三七页）。

我家没有一个好凳，不是断了脚的，就是擦了漆的。它们当凳子给我们坐的时候少，当游戏工具给孩子们用的时候多。在孩子们，这种工具的用处真真广大：请酒时可以当桌子用，搭棚时可以当墙壁用，做客人时可以当船用，开火车时可以当车站用。他们的身体比凳子高得有限,看他们搬来搬去非常吃力。有时汗流满面,有时被压在凳子底下。但他们好像为生活而拼命奋斗的劳动者,决不辞劳。汗流满面时可用一双泥污的小手来揩摸,被压去凳子底下时只要哭脱几声,就带着眼泪去工作。他们真可说是"快活的劳动者"(《子恺画集》三四页)。哭的一事,在孩子们有特殊的效用。大人们惯说"哭有什么用?"原是为了他们的世界狭窄的缘故。在孩子们的广大的世界里,哭真有意想不到的效力。譬如跌痛了,只要尽情一哭,比服凡拉蒙灵得多,能把痛完全忘却,依旧遨游于游戏的世界中。又如泥人跌破了,也只要放声一哭,就可把泥人完全忘却,而热衷于别的玩具(《子恺画集》一六页)。又如花生米吃得不够,也只要号哭一下,便好像已经吃饱,可以起劲地去干别的工作了(《子恺漫画》六六页)。总之,他们干无论什么事都认真而专心,把身心全部的力量拿出来干。哭的时候用全力去哭,笑的时候用全力去笑,一切游戏都用全力去干。干一件事的时候,把除这以外的一切别的事统统忘却。一旦拿了笔写字,便把注意力全部集中在纸上(《子恺漫画》六八页)。纸放在桌上的水痕里也不管,衣袖带翻了墨水瓶也不管,衣裳角拖在火钵里燃烧了也不管。一旦知道同伴们有了有趣的游戏,冬晨睡在床里的会立刻从被窝钻出,穿了寝衣来参加;正在换衣服的会赤了膊来参加(《子恺漫画》九〇页);正在洗浴的也会立刻离开浴盆,用湿淋淋的赤身去参加。被参加的团体中的人们,对于这浪漫的参加者也恬不为怪,因为他们大家把全精神沉浸在游戏的兴味中,大家入了"忘我"的三昧境,更无余暇顾到实际生活上的事及世间的习惯了。

　　成人的世界,因为受实际的生活和世间的习惯的限制,所以非常狭小苦闷。孩子们的世界不受这种限制,因此非常广大自由。年纪愈小,其所见的世界愈大。我家的三头政治团中势力瞻瞻最大的,便是为了他年纪最小,所处的世界最广大自由的缘故。他见了天上的月亮,会认真地要求父母给他捉下来(《儿童漫画》);见了已死的小鸟,会认真地喊它活转(《子恺画集》二八页);两把芭蕉扇可以认真地变成他的脚踏车(《子恺画集》一七页);一只藤椅子可以认真地变成他的黄包车(《子恺画集》一八页);戴了铜盆帽会立刻认真地变成新官人;穿了爸爸的衣服会立刻认真地变成爸爸(《子恺漫画》九五页)。照他的热诚的欲望,屋里所有的东西应该都放在地上,任他玩弄;所有的小贩应该一天到晚集中在我家的门口,由他随时去买来吃弄;房子的屋顶应该统统除去,可以使他在家里随时望见月亮、鹞子和飞机;眠床里应该有泥土,种花草,养着蝴蝶与青蛙,可以让他一醒觉就在野外游戏(《子恺画集》二〇页)。看他那热诚的态度,以为这种要求绝非梦想或奢望,应该是人力所能办到的。他以为人的一切欲望应该都是可能的。所以不能达到目的的时候,便那样愤慨地号哭。拿破仑的字典里没有"难"字,我家当时的瞻瞻的词典里一定没有"不可能"之一词。

我企慕这种孩子们的生活的天真,艳羡这种孩子们的世界的广大。或者有人笑我故意向未练的孩子们的空想界中找求荒唐的乌托邦,以为逃避现实之所。但我也可笑他们的屈服于现实,忘却人类的本性。我想,假如人类没有这种孩子们的空想的欲望,世间一定不会有建筑、交通、医药、机械等种种抵抗自然的建设,恐怕人类到今日还在茹毛饮血呢。所以我当时的心,被儿童所占据了。我时时在儿童生活中获得感兴。玩味这种感兴,描写这种感兴,成了当时我的生活的习惯。

欢喜读与人生根本问题有关的书，欢喜谈与人生根本问题有关的话，可说是我的一种习性。我从小不欢喜科学而欢喜文艺。为的是我所见的科学书，所谈的大都是科学的枝末问题，离人生根本很远；而我所见的文艺书即使最普通的《唐诗三百首》《白香词谱》等，也处处含有接触人生根本而耐人回味的字句。例如我读了"想得故园今夜月，几人相忆在江楼"，便会设身处地地做了思念故园的人，或江楼相忆者之一人，而无端地兴起离愁。又如读了"流光容易把人抛，红了樱桃，绿了芭蕉"，便会想起过去的许多的春花秋月，而无端地兴起惆怅。我看见世间的大人都为生活的琐屑事件所迷着，都忘记人生的根本；只有孩子们保住天真，独具慧眼，其言行多足供我欣赏者。八指头陀诗云："吾爱童子身，莲花不染尘。骂之唯解笑，打亦不生嗔。对境心常定，逢人语自新。可慨年既长，物欲蔽天真。"我当时曾把这首诗用小刀刻在香烟管的边上。

这只香烟嘴一直跟随我，直到四五年前，有一天不见了。以后我不再刻这诗在什么地方。四五年来，我的家里同国里一样的多难：母亲病了很久，后来死了；自己也病了很久，后来没有死。这四五年间，我心中不觉得有什么东西占据着，在我的精神生活上好比一册书里的几页空白。现在，空白页已经翻厌，似乎想翻出些下文来才好。我仔细向自己的心头探索，觉得只有许多乱杂的东西忽隐忽现，却并没有一物强固地占据着。我想把这几页空白当作被开的几个大"天窗"，使下文仍旧继续前文，然而很难能。因为昔日的我家的儿童，已在这数年间不知不觉地变成了少年少女，行将变为大人。他们已不能像昔日地占据我的心了。我原非一定要自己的子女为儿童生活赞美的对象，但是他们由天真烂漫的儿童渐渐变成拘谨驯服的少年少女，在我眼前实证地显示了人生黄金时代的幻灭，我也无心再来赞美那昙花似的儿童世界了。

古人诗云："去日儿童皆长大，昔年亲友半凋零。"这两句确切地写出了中年人的心境的虚空与寂寥。前天我翻阅自己的画册时，陈宝（就是阿宝，就是做媒人的宝姊姊）、宁馨（就是做新娘子的软软）、华瞻（就是做新官人的瞻瞻）都从学校放寒假回家，站在我身边同看。看到"瞻瞻新官人，软软新娘子，宝姊姊做媒人"的一幅，大家不自然起来。宁馨和华瞻脸上现出忸怩的笑，宝姊姊也表示决不肯再做媒人了。他们好比已经换了另一班人，不复是昔日的阿宝、软软和瞻瞻了。昔日我在上海的小家庭中所观察欣赏，而描写的那群天真烂漫的孩子，现在似乎早已不在人间了！他们现在都已疏远家庭，做了学校的学生。他们的生活都受着校规的约束、社会制度的限制，和世智的拘束；他们的世界不复如昔日那样广大自由；他们早已不做房子没有屋顶和眠床里种花草的梦了。他们已不复是"快活的劳动者"，正在为分数而劳动，为名誉而劳动，为知识而劳动，为生活而劳动了。

我的心早已失了占据者。我带了这虚空而寂寥的心，彷徨在十字街头，观看他们所转入的社会，我想象这里面的人，个个是从那天真烂漫、广大自由的儿童世界里转出来的。但这里没有"花生米不满足"的人，却有许多面包不满足的人。这里没有"快活的劳动者"，只见锁着眉头的引车者，无食无衣的耕织者，挑着重担的斑白者，挂着白须行乞者。这里面没有像孩子世界里所闻的号啕的哭声，只有细弱的呻吟、吞声的呜咽，幽默的冷笑，和愤慨的沉默。这里面没有像孩子世界中所见的不屈不挠的大丈夫气，却充满了顺从、屈服、消沉、悲哀，和诈伪、险恶、卑怯的状态。我看到这种状态，又同昔日带了一沓书和一包食物回家，而在弄堂门口看见我妻提携了瞻瞻和阿宝等候着那时一样，自己立刻化身为二人。其一人做了这社会里的一分子，体验着现实生活的辛味；另一人远远地站出来，从旁观察这些状态，看到了可惊可喜可悲可哂的种种世间相。然而这情形和昔日不同：昔日的儿童生活相能"占据"我的心，能使我归顺他们；现在的世间相却只是常来"袭击"我这空虚寂寥的心而不能占据，使我归顺。因此我的生活的册子中，至今还是继续着空白的页，不知道下文是什么。也许空白到底，亦未可知啊。

为了代替谈自己的画，我已把自己十年来的生活和心情的一面在这里谈过了。这文章的题目不妨写作"谈自己的画"。因为：一则我的画与我的生活相关联，要谈画必须谈生活，谈生活就是谈画。二则我的画既不摹拟什么八大山人、七大山人的笔法，也不根据什么立体派、平面派的理论，只是像记账般地用写字的笔来记录平日的感兴而已。故关于画的本身，没有什么话可谈；要谈也只能谈谈作画的因缘罢了。但不知能不使语堂先生失望否？

艺术三昧

* *

  有一次我看到吴昌硕写的一方字。觉得单看各笔画，并不好；单看各个字，各行字，也并不好。然而看这方字的全体，就觉得有一种说不出的好处。单看时觉得不好的地方，全体看时都变好，非此反不美了。

  原来艺术品的这幅字，不是笔笔、字字、行行的集合，而是一个融合不可分解的全体。各笔各字各行，对于全体都是有机的，即为全体的一员。字的或大或小，或偏或正，或肥或瘦，或浓或淡，或刚或柔，都是全体构成上的必要，绝不是偶然的。即都是为全体而然，不是为个体自己而然的。于是我想象：假如有绝对完善的艺术品的字，必在任何一字或一笔里已经表出全体的倾向。如果把任何一字或一笔改变一个样子，全体也非统统改变不可；又如把任何一字或一笔除去，全体就不成立。换言之，在一笔中已经表出全体，在一笔中可以看出全体，而全体只是一个个体。

所以单看一笔、一字或一行，自然不行。这是伟大的艺术的特点。在绘画也是如此。中国画论中所谓"气韵生动"，就是这个意思。西洋印象画派的持论："以前的西洋画都只是集许多幅小画而成一幅大画，毫无生气。艺术的绘画，非画面浑然融合不可。"在这点上想来，印象派的创生确是西洋绘画的进步。

这是一个不可思议的艺术的三昧境。在一点里可以窥见全体，而在全体中只见一个体。所谓"一有多种，二无两般"（《碧岩录》），就是这个意思吧！这道理看似矛盾又玄妙，其实是艺术的一般的特色，美学上的所谓"多样的统一"，很可明了地解释。其意义：譬如有三只苹果，水果摊上的人把它们规则地并列起来，就是"统一"。只有统一是板滞的，是死的。小孩子把它们触乱，东西滚开，就是"多样"。只有多样是散漫的，是乱的。最后来了一个画家，要写生它们，给它们安排成一个可以入画的美的位置——两个靠拢在后方一边，余一个稍离开在前方——望去恰好的时候，就是所谓"多样的统一"，是美的。要统一，又要多样；要规则，又要不规则；要不规则的规则，规则的不规则；要一中有多；多中有一。这是艺术的三昧境！

宇宙是一大艺术。人何以只知鉴赏书画的小艺术，而不知鉴赏宇宙的大艺术呢？人何以不拿看书画的眼来看宇宙呢？如果拿看书画的眼来看宇宙，必可发现更大的三昧境。宇宙是一个浑然融合的全体，万象都是这全体的多样而统一的诸相。在万象的一点中，必可窥见宇宙的全体；而森罗的万象，只是一个个体。勃雷克的"一粒沙里见世界"，孟子的"万物皆备于我"，就是当作一大艺术而看宇宙的吧！艺术的字画中,没有可以独立存在的一笔。即宇宙间没有可以独立存在的事物。倘不为全体,各个体尽是虚幻而无意义了。那么这个"我"怎样呢?自然不是独立存在的小我,应该融入于宇宙全体的大我中,以造成这一大艺术。

云霓

*
*

这是去年夏天的事。

两个月不下雨。太阳每天晒十五小时。寒暑表中的水银每天爬到百度之上。河底处处向天。池塘成为洼地。野草变作黄色而矗立在灰白色的干土中。大热的苦闷和大旱的恐慌充塞了人间。

室内没有一处地方不热。坐凳子好像坐在铜火炉上。按桌子好像按着了烟囱。洋蜡烛从台上弯下来，弯成磁铁的形状，薄荷锭在桌子上放了一会儿，旋开来统统溶化而蒸发了。狗子伸着舌头伏在桌子底下喘息，人们各占住了一个门口而不息地挥扇。挥得手腕欲断，汗水还是不绝地流。汗水虽多，饮水却成问题。远处挑来的要四角钱一担，倒在水缸里好像乳汁，近处挑来的也要十个铜板一担，沉淀起来的有小半担是泥。有钱买水的人家，大家省省地用水。洗过面的水留着洗衣服，洗过衣服的水留着洗裤。洗过裤的水再留着浇花。没有钱买水的人家，小脚的母亲和数岁的孩子带了桶到远处去扛。每天愁热愁水，还要愁未来的旱荒。迟耕的地方还没有种田，田土已硬得同石头一般。早耕的地方苗秧已长，但都变成枯草了。尽驱全村的男子踏水。先由大河踏进小河，再由小河踏进港汊，再由港汊踏进田里。但一日工作十五小时，人们所踏进来的水，不够一日照临十五小时太阳的蒸发。今天来个消息，西南角上的田禾全变黄色了；明天又来个消息，运河岸上的水车增至八百几十部了。人们相见时，最初徒唤奈何："只管不下雨怎么办呢？""天公竟把落雨这件事根本忘记了！"但后来得到一个结论，大家一见面就惶恐地相告："再过十天不雨，大荒年来了！"

此后的十天内，大家不暇愁热，眼巴巴的只望下雨。每天一早醒来，第一件事是问天气。然而天气只管是晴，晴，晴……一直晴了十天。第十天以后还是晴，晴，晴……晴到不计其数。有几个人绝望地说："即使现在马上下雨，已经来不及了。"然而多数人并不绝望：农人依旧拼命踏水，连黄发垂髫都出来参加。镇上的人依旧天天仰首看天，希望它即刻下雨，或者还有万一的补救。他们所以不绝望者，为的是十余日来东南角上天天挂着几朵云霓，它们忽浮忽沉，忽大忽小，忽明忽暗，忽聚忽散，向人们显示种种欲雨的现象，维持着它们的一线希望，有时它们升起来，大起来，黑起来，似乎义勇地向踏水的和看天的人说："不要失望！我们带雨来了！"于是踏水的人增加了勇气，愈加拼命地踏，看天的人得到了希望，欣欣然有喜色而相与欢呼："落雨了！落雨了！"年老者摇着双手阻止他们："喊不得，喊不得，要吓退的啊。"不久那些云霓果然被吓退了，它们在炎阳之下渐渐地下去，少起来，淡起来，散开去，终于隐伏在地平线下，人们空欢喜了一场，依旧回进大热的苦闷和大旱的恐慌中。每天有一场空欢喜，但每天逃不出苦闷和恐怖。原来这些云霓只是挂着给人看看，空空地给人安慰和勉励而已。后来人们都看穿了，任它们五色灿烂地飘游在天空，只管低着头和热与旱奋斗，得过且过地度日子，不再上那些虚空的云霓的当了。

这是去年夏天的事。后来天终于下雨，但已无补于事，大荒年终于出现。农人唦着糠粞，工人闲着工具，商人守着空柜，都在那里等候蚕熟和麦熟，不再回忆过去的旧事了。

我为什么在这里重提旧事呢？因为我在大旱时曾为这云霓描一幅画。从大旱以来所作画中选出民间生活描写的六十幅来，结集为一册书，把这幅《云霓》冠卷首，就名其书为《云霓》。这也不仅是模仿《关雎》《葛覃》，取首句做篇名而已，因为我觉得现代的民间，始终充塞着大热似的苦闷和大旱似的恐慌，而且也有几朵"云霓"始终挂在我们的眼前，时时用美好的形态来安慰我们，勉励我们，维持我们生活前途的一线希望，与去年夏天的状况无异。就记述这状况，当作该书的代序。

记述即毕，自己起了疑问：我这《云霓》能不空空地给人玩赏么？能满足大旱时代的渴望么？自己知道都不能。因为这里所描的云霓太小了，太少了。似乎这几朵怎能沛然下雨呢？恐怕也只能空空地给人玩赏一下，然后任其消沉到地平线底下去的吧。

贫女如花只镜知

春光先到野人家

瓜车翻覆
助我者少
啖瓜者多

前程远大

风云变幻

冬

你给我削瓜
我给你打扇

"爸爸回来了"

喂马

吾徒胡为纵此乐
暴殄天物圣所哀

"我的腿"

哀鸣

花好月圓人寿

流光容易把人抛
红了樱桃绿了芭蕉

六六水窗通
扇底微风
记得那人同坐
纤手剥莲蓬